湖山望境

国美美文

许江 主编

U0889241

中国美术学院出版社

序

思无邪

许 江

中国，诗文的国度。最早的诗歌总集《诗经》，所集多民歌。这些当时已经流传前后约五百年的诗歌，其留存得益于“采诗”制度。在周代即设有采诗官，如采集奇花异草那般于辽阔的民间采集民歌民谣，上报朝廷，以“观风俗，知得失，自考正”。民间散佚的诗句如草木野卉一般，一经采集，那诗文便若烂漫山花，传情养心，滋润河山。

把诗看得重要，始于孔子，亦无过于孔子。“小子何莫学夫诗？诗可以兴，可以观，可以群，可以怨。迩之事父，远之事君，多识于鸟兽草木之名”。兴观群怨，立心见物，运营社会，倾诉悲怨。孔子预见诗的形象与语言的力量，揭示了这种语言的飞翔的能力，预判到只有使用这种语言才能使人得以成功地言说，使人的精神超越现象、超越思考的平庸。所以他教导他的儿子孔鲤“不学诗无以言”，孔子以极平常却坚定的语气、震古铄今地指出人的精神立于“诗”的重要性。

孔子批删揖要，向着千古推荐的教材正是名为《诗经》的三百一十一首古诗。孔子的历史推荐词是：“诗三百，一言以蔽之，曰：思无邪。”“无邪”即正直，把“思”引向正直的意向，并不断地持续下去。如切如磋，如琢如磨，“告诸往而知来者”，把人的精神引向意义，并还原于根源。如此来解释未知之事，把不能定义的存在表达出来，这正是孔子“不学诗无以言”的要义。

一首诗即一生命，三百诗即一宇宙。这个生命宇宙自始至终都把自己包含在它的本身之中，对诗的了解与喜爱就是了解与喜爱世界的缩影，对诗的品味与度识就是品味与度识世界的缩影。诚然，如是滋养心灵，蕴德树人，学院之使命也!

中国美术学院诞生于西湖，得湖山春秋之助，絪人文诗性之养，天然蕴一颗文心。此文心养两支笔，画笔传艺，文笔研诗，双笔并重，于创立之始即成风气，无问东西，莫敢有异。每至春秋学季聚散之时，尤以文字寄望诸生，抒怀殷切。岁月无居，风神不辙，国美之艺因文心而激越，而兴腾，而臻“美”的境界：初创树帜的殷切，留林公千古情深；临危受命之弘毅，识滕院难忘噎意；沉郁凝重，寿师之高格；素心淑质，羽师之洁操。诸如李金发先生的象征开篇，艾青先生的嘹亮芦笛，吴冠中先生的率性横站，陆维钊先生的深潜词养，范景中先生的铸史文心，俱是一代文坛的清音亮色。名师放怀，和气所钟；青年命笔，激情聚风。此湖山之象委身于美文，凝成国美风华，树立名校风范。

《国美美文》文丛，将历史迄今的师生美文，据不同意向，辑成专册，以昭示美院传承无断的文心，让代代后学，因着蕴藉谱系音息的诗文和阅读，濡染如上所述的关于世界的缩影和雏形，塑成某种学术家族的格趣与品性。

“君子养德，于是乎在”。正所谓：思无邪！

2019年8月7日

中國美術學院
China Academy of Art

目　录

国立艺术院　蔡元培题

学校是为研究学术而设

——在西湖国立艺术院开学式演说词

蔡元培

蔡元培

按：蔡元培（1868—1940），字鹤卿，又字仲申、民友、孑民，浙江绍兴府山阴县（今浙江绍兴）人，原籍浙江诸暨。教育家、革命家、政治家、民主进步人士。中华民国首任教育总长。1916年至1927年任北京大学校长。著译编纂有《哲学要领》《伦理学原理》《石头记索隐》《哲学大纲》《中国伦理学史》《现代教育思潮》等。蔡孑民先生1927年任中国民国大学院院长时，决定在杭州西湖创办国立艺术院（今中国美术学院前身）。他是中国美术学院创办人。

1928年3月16日，国立艺术院正式创立开学。《学校是为研究学术而设》是1928年4月9日蔡孑民先生在国立艺术院创建补行开学典礼日的训辞，由刘开渠笔记，原刊1928年4月16日《中央日报》“艺术运动”副刊第9号。由于国立艺术院创建伊始，办学设施条件等较为简陋等原因，发生学潮，蔡孑民先生专程来杭州出席此次开学典礼，发表此演说词，阐明大学院在西湖边创建国立艺术院的目的是“创造美，使以后的人都移其迷信的心为爱美的心，借以真正的完成人们的生活”。即社会美育。同时指出，学校为研究学术而设，要专心崇尚学术研究。这些都成为了国立艺术院及其之后的国立杭州艺专、浙江美术学院等最宝贵的学院特色，直至今天的中国美术学院。

今天是艺术院补行开学式。大学院为什么在这个时候、这个地方设立艺术院？平常西湖有很多的人来，这些来的人，可分两种：一是游览，一是为烧香。游览的人，是因为西湖风景很美丽，天气很温和，所以相率来游，以满足其私人的爱美欲望。一种是烧香的人，烧香的人为什么一定要来西湖拜佛呢？西湖的寺庙最多，所以他们都来了。但是为什么这些寺庙都建筑在风景美好的湖山之中呢？宗教是靠人心信仰而存在的，但是宗教是空空渺渺的，不能使人都信，永久维持着他的势力，故必须借着优美的山林，才能无形之中引诱一般人来信他的，一般人之所以拜佛，而又必定相率来西湖的，虽其信心觉得是为佛而来，实际上他们的潜在主因，仍就是为西湖的风景好才来的，也就是因为借此能满足他们的爱美欲望才来的。自然美不能完全满足人的爱美欲望，所以必定要于自然美外有人造美。艺术是创造美的、实现美的，西湖既有自然美，必定要再加上人造美，所以大学院在此地设立艺术院。宗教是靠着自然美，而维持着他们的势力存在。现在要以纯粹的美来唤醒人的心，就是以艺术来代宗教。因为西湖的寺庙最多，来烧香的人也最多，所以大学院在西湖设立艺术院，创造美，使以后的人都移其迷信的心为爱美的心，借以真正地完成人们的生活。

现在最重要的是北伐，有人以为在这紧张的时候，不必马上设立艺术院。但事实上大家的革命主要目的，不纯在消极地打倒军阀，抵御外人的侵略，而在三民主义的积极建设起来。三民主义，无非为民生而设，总理四十年的革命，可说最后的目的，是在民生问题。但文化与物质生活之改造同时重要。原始的人类，于艰难苦斗的生活中，仍有纹身、雕刻、装饰器物的精神生活之需要，可见文化与物质生活同时发生，同样重要。生活问题既有物质与精神的两种，那么我们为民生问题而有的国民革命，必须于打倒阻碍民生进行的北伐工作之外，同时兼到精神上的建设，将来方能有完满的成功。再就目前事实上说，我们的北伐军也必须有美的、纯然无私的、勇敢的艺术精神，然后才能真的胜利。如法国人的在欧洲大战，因他们以前有艺术的陶养，故有那样从容不迫的精神。

大学院看艺术与科学一样重要。艺术能养成人有一种美的精神、纯洁的人格。艺术美，照日本人译来的西洋语有两种：一是优美，一是壮美。优美能使人和蔼、安静，对于一切能持静，遇事不乱，应付裕如。壮美使人有如受压迫，如瞻望高山，观览广洋狂涛，使人感到压迫，因而有反抗，勇往直前，一种大无畏的精神、奋发的情感。法国在优美之中养育，故不怕一切，虽强兵临于巴黎近郊，而仍能从容不迫，应付敌人。德人则壮美，他们做事，一往直前，气盖一世。我们北伐军必须有这两种精神，才能一切胜利。现在北伐军中有艺术科，也就是想以艺术精神来陶养军人，使他们有美的、纯然无私的勇敢精神，使北伐胜利。

人类有两种欲望：一是占有欲，一是创造欲。占有欲属于物质生活，为科学之事。创造欲为纯然无私的，归之于艺术。人人充满占有欲，社会必战争不已，紊乱不堪，故必有创作欲，艺术以为调剂，才能和平。艺术纯以创作为主，无现实上的一切因占有欲而起的束缚，艺术家不要名誉、财产，不迎合社会，因此中外的艺术家，每每一生很苦。中国古话说，文人贫而后工。并不是贫而后工，是去掉了一切个人的、现实的私欲，而能纯以创造为主才工。大学院设立艺术院，纯粹为提倡此种无私的、美的创造精神。所以艺术院不在学生多少，而在能创造。能创作，就是一个学生也可以。不能创作，一百、一千个学生也没有用。艺术院的林先生及教职员，他们都是有创作能力的人，希望他们自己去创作，不要顾到别的。

大家要认明白，艺术院不但是教学生，仍是为教职员创作而设的。学生愿意跟他们创作的就可以进来，不然不必来这里。这次的风潮，不是真的学生，是有别的政治作用，已经为浙江省政府除去。你们可以安心上课，教职员努力创作。不愿跟着教职员创作的学生，想做别的政治活动的学生，可以离开这里，到别处去，到社会上去做政客，不要妨碍他们创作。总之，艺术院是纯为艺术的，有天才能创作的学生，一万不为多，一个不为少。

来宾、新闻记者也请注意：学校为纯粹的学术机关，神圣之地，一个学生没有也不要紧；教职员能创作，一样可以办下去。不要以为学生少了，就不成学校，这一点大家不要误会了。艺术院的教职员诸先生，要大家一致地努力创作，不要看见发生了一点小事，就怕起来。嗣后再有什么不正当的活动，有浙江省政府来防御、制止。学生要安心上课，教职员诸先生一致创作，供之于社会，这是大学院所最希望的。

1928年4月9日

精神重于物质说

黄宾虹

按：黄宾虹（1865—1955），初名懋质，后改名质，字朴存，号宾虹，别署予向。原籍安徽徽州歙县，生于浙江金华。自幼饱读四书五经习举子业，早年投身反清革命，入国学保存会，1930年在上海任中国艺术专科学校校长。1937年举家迁至国立北平艺专任教。1948年秋，应杭州国立艺专之聘，离职国立北平艺专，南下杭州任教至其逝世。一生主要从事报刊杂志、出版编辑、文物研究鉴赏、艺术教育、书画创作与理论研究等工作，擅诗文、书画，尤长山水。与邓实等搜罗编纂《美术丛书》120巨册。

黄宾虹

《精神重于物质说》，原刊1934年《国画月刊》创刊号。在这篇文章中，黄宾虹先生根据中国历史与现实的发展，以古来传统、经典文献等探讨了精神与物质的关系，从文章结尾可见，虽然此文题目为“精神重于物质说”，但作者应该是更倾向于“精神文明与物质文明之用，相辅而行，并驰不悖”。

《易》曰：“道成而上，艺成而下。”“道成”“艺成”，犹今所谓精神文明与物质文明也。中华四千年来，为文化开化最早之国。古之制作，皆古之圣贤，政教一致，初无道与艺之分。盖三代而上，君相有学，道在君相。三代而下，君相失学，道在师儒。春秋之世，文武之道，未坠于地，在人，贤者识其大者，不贤者识其小者，此道与艺之所由分，其见端耶？孔子删《诗》《书》，订《礼》《乐》，作《周易》，修《春秋》，问礼于老聃，问乐于苌弘，采百二国之宝书，以及輶轩所录之风诗。其时国学之掌于史官者，集大成于尼山。故孔门四教，文行忠信，又曰："行有余力。"则于《说文》注谓："诗书，六艺之文。六艺者，礼、乐、射、御、书、数也。"又《汉书·艺文志》："《易》《诗》《书》《春秋》《礼》《乐》六经，谓之六艺。"司马迁叙史，先黄老而后六经，议者纷然。扬雄谓："六经，济乎道者也。"乃知迁史之论为可传。艺必以道为归，有可知已。

尝观黄帝御宇，命仓颉制六书，史皇作图画，若风后之阵法，隶首之定数，伶伦之律吕，岐伯之内经，凡宫室器用衣服货币之制，皆由此并兴。夏商而下，迄于成周，设宫分职，郁郁乎文，焕然美备。东迁之后，王纲不振，诸侯僭乱，史官失职，远商异国，诸子百家之说，异学争鸣。老子见周之衰，诗书之教不行，乃西出函谷关，著《道德经》五千余言，辞洁而理深，务为归真返朴之旨。其言曰："圣人法天，天法道，道法自然。"艺之至者，多合乎自然，此所谓道。道之所在，艺有图画。图画者，文字之绪余，百工之始基也。文以载道，非图画无以明。而图谱之兴，尚不如画者，物质徒存，精神未至也。

宋郑樵论图谱云："今总天下之画而条其为图谱之用者，十有六，一曰天文，二曰地理，三曰宫室，四曰器用，五曰车旂，六曰衣裳，七曰坛兆，八曰都邑，九曰城筑，十曰田里，十一曰会计，十二曰法制，十三曰班爵，十四曰古今，十五曰名物，十六曰书。凡此十六类有书无图不可用也。"

图画之用，以辅政教，载诸典籍，班班可考。乃若格高思逸，笔妙墨精，道弸于中，艺褋于外，其深远之趣，至与老子自然之旨相侔。大之参赞天地之化育，以亭毒群生，小之撷采山川之秀灵，以清洁品格。故国家之盛衰，必视文化；文化之高尚，尤重作风。艺进于道，良有以也。稽之古先士夫，多文晓画，言论相同，皆无取于形象位置，彩色瑕疵，亦深戒夫多用己意，随手苟简，而惟赏其奥理冥造，以畅玄趣，极其自然之妙。其说可略举之。欧阳修论鉴画曰："高下向背，远近重复，皆画工之艺。"苏轼论画曰："观士人画，如阅天下马，取其意气所到；至若画工，往往只取鞭策皮毛、槽枥刍秣，无一点俊发，看数尺便倦。"黄庭坚曰："余未尝识画，然参禅而知无功之功，学道而知至道不烦，于是观画悉知其巧拙。"米友仁曰："言画之老境，于世海中一毛发事，泊然无著，每于静室僧趺，忌怪万虑，心与碧虚寥廓同其流荡。"

由此观之，一切形貌采章，历历具足，甚谨甚细，外露巧密者，世所为工，而深于画者，恒鄙夷之。面唯求影响，粗犷不雅者，尤宜摈斥。即束于绳矩，稍涉畦畛，亦步亦趋，自限凡庸，皆非至艺。循乎模楷之中，而出于樊篱之外。是故师古人者，已为上乘；知师古人不如师造化者，方可臻于自然。今者东方美术，遍传欧美，举国之人，宏开展览，无论朝野，争先快睹，以事研究，莫不称誉，以视瓷铜、玉石、织绣、雕刻、古物等器，尤为珍贵。乃若江湖浪漫之作，易长嚣陵，院体细整之为，徒增奢侈，曩昔视为精美，兹已感悟其非，而孜孜于士夫之画，深致意焉。且谓物质文明之极，其弊至于人欲横流，可酿残杀诸祸，惟精神之文明，得以调剂而消弭之。至于余闲赏览，心旷神怡，能使百虑尽涤，犹其浅也。志道之士，据德依仁，以游于艺，精神文明与物质文明之用，相辅而行，并驰不悖，岂不善哉！岂不善哉！

题赠君量

黄宾虹

按：《题赠君量》，系1948年黄宾虹为友人君量所作。据黄宾虹诗前短文可知，是应君量索画而作的画作题诗。

君量道兄寄见怀之作示余，并索拙画，因写此图，系以小诗，草草而成，聊酬雅意云尔。

古籀探奇溯象形，不求形似又丹青。
抚琴欲令山俱响，只许成连海上听。
天外青山千叠愁，江南春树暮云浮。
而今隔别莲韬馆，还对新图忆旧游。

题《苕溪图》

姜丹书

姜丹书

按：姜丹书（1885—1962），字敬庐，号赤石道人，斋名丹枫红叶楼，江苏溧阳人，迁居杭州。擅艺术理论，艺术教育，工诗文。亦喜作国画，尤长于画红柹、红叶。著有《美术史》《美术史参考书》《艺用解剖学》《透视学》《建筑通解》《艺术论文集》《丹枫红叶室诗草》《敬庐画集》等。1928年春起担任国立艺术院教授直至1937年抗战全面爆发。1945年10月，受国立艺专聘任为接受杭州校舍校产委员。

题《苕溪图》，是一首题画诗，作于1932年。苕溪，在浙江省北部，浙江八大水系之一，是太湖流域的重要支流。由于流域内沿河各地盛长芦苇，进入秋天，芦花飘散水上如飞雪，引人注目，当地居民称芦花为“苕”，故名苕溪。

苕溪中巨大鹅卵石甚多，初本毛石，不知经过几万千年冲激滚光如此，可见水力销磨之厉，乃感而赋此。

不上天目山，不知苕溪长。
不见苕溪石，哪知鹅卵王。
大逾石米袋，重且超博浪[1]。

谁谓石不转[2]，水磨胜金刚。
乃信刚易折[3]，柔道出老庄。
异人欲养气，住此白云乡。

注释

[1] 博浪：张良令力士操铁锥狙击秦始皇于博浪沙中，误中副车。世称博浪锥。据《史记》。
[2] 石不转：《诗经》云："我心匪石，不可转也。"
[3] 刚易折：老子云："齿从刚而易折，舌以柔而长存。"

《艺术界》创刊号发刊词

潘天寿

按：潘天寿（1897—1971），字大颐，自署阿寿、寿者。浙江宁海人。1915年考入浙江省立第一师范学校，受教于经亨颐、李叔同等人。擅诗文书画，长于花鸟、山水、指画。著有《中国绘画史》《治印丛谈》《中国画院考》《听天阁诗存》《花鸟画简史》《听天阁画谈随笔》《顾恺之》《黄公望与王蒙》（与王伯敏合著）等。1928年起长期担任国立艺术院、国立杭州艺术专科学校、国立艺术专科学校、中央美术学院华东分院、浙江美术学院（均为中国美术学院前身）国画教授。1944年至1947年，任国立艺术专科学校校长。1957年，任中央美术学院华东分院副院长。1959年12月起至1966年，任浙江美术学院院长。

《〈艺术界〉创刊号发刊词》，原刊国立艺术专科学校1945年5月出版的《艺术界》创刊号。时潘天寿先生任校长，国立艺术专科学校辗转迁徙校址在重庆。

潘天寿

居今世而犹言艺术之重要者，吾人固已厌闻之矣。非厌其言之不当，特厌其言之非其时耳。盖今世之人，苟非下愚，其谁不知艺术？知艺术者，又孰不知艺术之重要？人尽知之矣，而犹申论之不已，其愚尚可恕乎？本刊，艺术刊物也，发刊之目的在艺术，其所申述亦在艺术，口则言论所及，虽不必尽属艺术之重要，而此类文字，当亦在所不免，然则本刊之发行，果将以相当之人力物力，辛勤编刊以博世人之厌闻乎？曰：否，否，昔之申言艺术之重要者，或以政治之观点，或以社会之观点，或以一宗一派之观点，或以一乡一地之观点，观点所限，所论辄偏，故终不能于国内国外艺术发展有益而无损之可厌也。中国，乃世界各国中之一国，今而后，直将与世界上之领袖国家并驾齐驱，以努力于人类福刊之争取与夫人类精神之向上，未可复为局部之观点所限也；夫唯有不为局部之观点所限，胸之所蕴，目之所瞩，必以今后之世界观点为观点，而后内可以促进国内艺术界之团结，发扬中国固有艺术之精神，以与世界艺坛相角逐，外以吸收各国艺术中之精髓，补苴中国固有艺术之窳漏，然后始可谓知时识势，不言则已，言而确可得益于国内外艺术之发展：此则本刊发刊之旨趣，而愿与国内艺术界同人所共勉者也。

早起对山花

潘天寿

按：《早起对山花》，原刊国立艺术院半月刊《亚波罗》第5期（1928年12月1日出版）。署名阿寿。原刊有两首，此为其一，后收录于《听天阁诗存》与《潘天寿诗存》，均有较大改动。诗人以艺术家所特有的情怀与山花对语,表露了自己对自然界美好之物的纯情。

昨采山花盈一簇，
置我洞房伴幽独。
晓来几案自清新，
满室异香飞蔌蔌。
飞蔌蔌，
君谁熟（吾乡土语谓相识为相熟）？
欲与君言，
欲与君读。
残河星稀稀，
细风寒肃肃；
露浓烟重碧栏低，
一钩斜月犹在屋。

梦中得四律，醒后仅记“听天楼阁”一联，即挑灯足成之

潘天寿

按：此诗为诗人得意之作，选自卢炘、俞浣萍校注《潘天寿诗存校注》（中国美术学院出版社1997年3月版）及《潘天寿诗集注》（浙江古籍出版社2009年11月版）。本诗注释全部出自《潘天寿诗存校注》。

“听天楼阁”一联为梦中所得。1944年，潘天寿先生自编诗集，取名为《听天阁诗存》。取书斋名亦为“听天阁”。现存1934年夏行书录此诗，其中字句有多处不同，疑为初稿，录于下：“俚歌可须笔似椽，醒来且续赫跷笺。听天楼阁春无限，卷陆蛇龙矗走看。大道背驮牛去矣，孤云梦养月初圆。酣歌敢拟王司直，薄有情怀未可蠲。”

一梦也关醒后欢[1]，耐将呓语续冰纨[2]。听天楼阁春无限，大陆蛇龙矗走看[3]。铁铎回牛蹄语重，墨云飞海砚涛宽[4]。吟成新结灯花好，皓月当空夜未阑[5]。

注释

［1］“一梦”句：谓一个梦引起了醒后的欢乐。《听天阁诗存》“一梦”作“梦呓”。

［2］耐：能。呓语：梦话。《听天阁诗存》“呓语”作“残句”。冰纨：细洁雪白的绢，借指可写字的绢帛。清龚自珍《意难忘》词：“秋花分小影，秀句写冰纨。”续：指在“听天楼阁”一联的基础上足成一律。

［3］“听天”两句：谓在战乱年代，虽蛰居高楼，仍感到春光无限，对胜利前途充满信心；冷眼看那些不可一世的如蛇似龙的侵略者，不过是满地爬行的小小蛀虫。石涛《题山水册》诗有“露顶奇峰平到底，听天楼阁受泉风”之句，潘天寿梦得“听天楼阁春无限，大陆蛇龙蠹走看”一联，可能是受石涛诗画之影响。《听天阁诗存》“大陆”作“卷陆”。

［4］“铁铎”两句：意谓往返跋涉之牛的沉重蹄铃声在诉说着时世的艰辛，唯有在砚池研出飞涌的墨汁勤于笔耕才感到艺术天地的宽广。表示出诗人献身水墨画艺术事业的决心。铁铎：金属风铃，指挂于牛身上的铃铛。《听天阁诗存》“铁铎”作“大道”，又作“至道”；“墨云”作“闲云”；“砚”作“研”。

［5］结灯花：灯烛点燃久了，余烬爆成花形。阑：尽。《听天阁诗存》“新结”作“已结”；“皓月当空夜未阑”作“月影徐移上石栏”，又作“皓月中空夜未阑”。

咏　兰

潘天寿

按：此诗作于1949年。选自卢炘、俞浣萍校注《潘天寿诗存校注》（中国美术学院出版社1997年3月版）及《潘天寿诗集注》（浙江古籍出版社2009年11月版）。诗人借物抒情，托物言志，歌咏了兰花不畏雨雪风霜、坚韧不拔、自强不息的精神品格。

残兰一盆，为前寓客遗弃于古墙根者，已近二年矣。去秋[1]忽萌新叶，并添两蕊，因移置楼窗谨为护养。至今春落灯时节[2]辗然[3]开放，喜而书此。

可爱离披[4]四五叶，谁遗冷落古墙根。
不摧[5]雨雪风霜下，自有天心为尔存。

注释

［1］秋：一作“夏”，见1954年咏兰行书卷。

［2］落灯时节：元宵之后。

［3］辴然：笑貌。

［4］离披：分披，四面散开。行书卷“离披”题为“毶毶”。

［5］不摧：行书卷题为“不残”。

咏　梅

潘天寿

按：此诗见潘天寿题于1966年所作的巨幅作品《梅月图》，首见人民美术出版社《潘天寿书画集》（图187），后被收入卢炘、俞浣萍校注《潘天寿诗存校注》（中国美术学院出版社1997年3月版）及《潘天寿诗集注》（浙江古籍出版社2009年11月版）。诗人借物抒情，托物言志，歌咏了梅花凌寒独立、铁骨铮铮、坚韧不拔、自强不息的精神品格。

气结殷周[1]雪，天成铁石身。
万花皆寂寞，独俏一枝春。

注释

［1］殷周：殷（商）代、周代，泛指远古。结：一作“接”。

关关雎鸠与窈窕淑女

孙福熙

按：孙福熙（1898—1962），字春苔，曾用笔名丁一、明斋、寿明斋等。浙江绍兴人，曾任北京大学图书馆管理员，参加过“五四”运动。由蔡元培校长介绍赴法国工读，先在里昂中法大学任秘书，后入法国国立里昂美术专科学校学习，开始写作散文、小说。1925年回国。1928年任国立艺术院图案系教授。1930年，再赴法国巴黎大学选听文学和艺术理论讲座。1931年归国后，续任国立杭州艺术专科学校教授。著有《山野掇拾》《归航》《北京乎》《大西洋之滨》《春城》《早看西北》《孙福熙画集》等。

孙福熙

《关关雎鸠与窈窕淑女》，原刊1927年《北新周刊》第20期，又重刊1929年《亚波罗》第7期。孙福熙先生借《诗经》开篇中的“关关雎鸠”与“窈窕淑女”等探讨文学中的描写等问题。

翻开《诗经》第一章写着：

“关关雎鸠，在河之洲；窈窕淑女，君子好逑。”

在这诗中，我们明白地可以看出，他是要说“窈窕淑女，君子好逑”，然而为什么开首要郑重其事地写两句水边在叫的鸟呢？我们可以决定：如果不是这诗人被水边求爱的鸟声引动了，所以使他写出怀想窈窕淑女的诗；一定是他要写求爱而故意以鸟作兴，使听到他诗句的美人或旁人格外引起感情。

现在我们不必追究这两个答案中哪一个是对的，我们从这两个答案知道自然现象是引起人的感情的。

我们看到的文字中，大概多少是有描写自然的；这或者有少数人自己是不觉得的，只因看了人家有这样描写，所以也跟着描写一点，其大多数的文学家，都是要使读者发生一感情而竭尽心力描写的。

我们就想在这里将自然的描写的问题，做一个简略的讨论。

所谓自然者，从广义而言，则人类也当在内，但范围实太广大了，所有人类行为及表情之与生理上的关系的一大部分，这里姑不论及，我们所论的只是自然物的一方面的。至于以自然为材料的人工物，当然也不在内。

这里先的略举出所研究的对象或者更加明显一点：我们所研究的是地面、水面、空气与天。

这里我们一望就可以看出的：景物是与地域很有关系的，就是说，各地的地面、水面、空气与天多少是有不同的。所以我们当就描写各地的材料中去找。这种材料，不仅是文字，还有绘画，占有很大的部分。可是除地域的差别以外，还有时代的差别。例如现在的描写雷电，决不与以雷电为神威的时代所描写者相同。再次，还有个性问题，各人所见景物的哀乐、环境与教育程度的不同也使各人的感觉各别：久住城市，尤其是狭窄黑暗的居室中出来的，一见乡景就十分感动；而久住乡间者，或因亲炙久而愈爱好，或如农夫，只为山川草木的实用所蔽，有如不见了。

研究自然之或者以地域、以时代、以人性的分法去研究的，但为避免混乱不清起见，我们依A Dauzat的分法，以客观的、主观的来分别。

客观者以绝对客观的态度来描写山水气象，不稍涉及观察者的见解，有如照相，有如水中影像的作用。所谓主观者，就是说纯粹由于观察者主体所发生感觉的问题，但有许多问题是介于两者之间的，所以还要立一项混合的问题。

先论客观的问题：

地球从液体凝为固体的时候，收缩而起高低，于是有了成为山水的可能。螺峰、削壁、高冈、层峦等等变化是从这地的高度分出来的，都有崇高阔大之慨。水的性质正得其反，是平静的，然而长江大河，惊涛怒浪，有比高山更强烈的感觉，其余万丈瀑布，飞溅烟露，也是奇观。淙淙的溪流，以至于很平凡的、微皱的水荡，还是风的重要材料。水景较山色为空阔，在画中易于表出远景，水的色彩最变化，晨光与反照，月下与暗中，均有不同的景象，而且动荡闪烁，倏忽万变。至于雨露滋润，冰雪砭骨，都有别样神情。

说过地面的陆与水以后，要说地面之上的气体了。我们所见的青天，以为是天的真颜色，其实这是隔了很厚的大气的颜色，愈远的山愈现青色，可以见之（Rcod的《色之科学的原理》中说得很详）。其他空气燥湿不同，光度的强弱不同，天色也不同了：欲雨与初晴，南方与北方，海边与山地，都显然有别。至于四季的不同更不必说。

欧阳修的《醉翁亭记》有一段，写景虽不甚好，而这种分别是知道的：

> “若夫日出而林霏开，云归而岩穴暝，晦明变化者，山间之朝暮也……四时之景不同，而乐亦无穷也。”

至于云彩的描写，在欧洲，以前的古典派作家老是用“蔚蓝的天”者，现在已有很细致的描写。d’Annunzio（唐南遮）的Trionfodella marte中有一段:

“这是一个早晨。天是阴沉的，几如乳色，潮湿与闷热充满着空气中。海面失去了一切所有，与一切活动。消溶在这远处混沌的水气中，十分惨白，没有喘息。”

法国的Pierre Loti（他曾于庚子时充海军官来中国，故自译中文名作罗谛）在《冰洲的渔人》等书中有许多对于云彩很细微的描写。此外，风暴等顷刻万变，Hareux此之为画家万花筒。火山也该是很美丽的，凶野的美丽，但不能主观的联想到这是一个灾祸。

说完陆水气与天以后，我们还要回到地面上。树木、花草、禽兽，以至野花荆棘都寄托在地上，于景物是很有关系的。“碧草如茵”“黄花满地”，何等的点缀一个景物。

然而一切都与季节很有关系的。春在风景中给我们感受的，线条是其基本，其次是形与色，这里包含光暗的分配，再次是声，还有气味、冷暖与燥湿，也是重要的。就是说，我们描写景物，应该注意这种条件，例如不描写色彩，只有光暗，这是一幅照相或墨画了，有人谓V. Hugo的诗文都无颜色，是一幅黑白画。

看看白很简单的，但各有不同，白莲之白不同于白雪之白。白莲带碧，白雪有闪光，百合花的白半透明有水晶光，如上品的瓷器所有。

至于颜色，那是更复杂了，我们看M.Laurent Tailhade描写秋色的一段：

“这是春色的季候，有的冒烟的金，有的光泽的金，如古旧佛像幽暗的，如通常首饰炫耀的，黄色的金，绿色的金，褐色的金，灿烂的色调，闲静的与深重的，印度纱与麻球色调，这是降色的季候，浓暗的红，从硃红以至于中国的绯红，红鱼的红带点黄的，渐次的从橙色或向日葵色，以至于hyacinthe花的颜色，与菊花的，野葡萄叶的带紫的红配合，与sange鲜红配合。”（用中文译了出来，如此生硬了，我们不要以文害意。）

Lamartine不注重于视觉，而重听觉的描写。他描写早晨：

“鸟唱歌，小羊咩咩，
婴儿在摇篮里哑哑，
人事混入风声山声中，
空气微动，麦穗战抖，
昆虫在日光下薨薨，
钟声响了，
宣示上帝给他的这天的第一个呼吸。”

诗的与宗教的和谐又在Jocelya中一句绝妙的句子：

“和谐的树林，松柏，是树林的竖琴。”

中国文中听觉的描写极多，鸟语风声是常见的。欧阳修《秋声赋》中写得很多。听雨，听泉，听瀑，还有听潮，以至听芦花，蝉声，络纬声，尤其是蟋蟀声。至于图中也能传出声音的，Millet有《晚祷》，而《雪山顶礼》图中，雪山与老僧的静寂里，彷佛有喃喃楚语。

反之，没有声音的静默，也是文学上的好材料。李后主的《临江仙》：

“庭空客散人归缓，画堂半掩珠帘。”

气味不被常人注意的除出花香以外，然而，读Pierre Loti描写，有咸的气味一段，使人立刻置身海上。森林被Ardré T bauriet描写，有了泾闷的气味，就有神了。

寒热的感觉是很紧要的，因为与人的感情很有关系，但也很难描写，因为他关系气象如此复杂，而文字上是如此缺乏的。我们看上面讲气象时举d’Annunzio在《死的胜利》中所写一段，也就是写闷热的，现在不易举了。空气的燥泾对于触觉也与冷暖一样，而且常常是并论的。看鲁森堡之油画馆F.Ziem画的威尼斯，意大利的天、水与气体，活现纸上。

现在专研究主观问题了。

我们晓得，各人的感觉因生理、习惯、环境、年龄、时代与教育程度而异。还有称为个性、称为心理的原因，为吾人以尚不能确实捉摸住的因子以造成。例如一位大艺术家的成功，为许多批评专家尽力探索而不能尽知其故的。所以，同一事物，各人可有对相反的感觉：有的说“天载地覆”“天高地厚”，而有的说“天地不仁，以万物为刍狗”。即使是一个面孔的表情，也是各人有各人的看法。《红楼梦》的作者是很明白这一点的，他在柳絮词中还给各人的身份，各人的心灵，这里不能尽录，只选一点，以资比较：

岂是绣绒残吐？……空使鹃啼燕妬。（湘云）

也难绾系也难羁，一任东西南北各分离。（探春）

汉宛零星有限，隋隄点缀无穷。三春事业付东风，明月黎花一梦。（宝琴）

万缕千丝终不改，任他随聚随分，韶华休笑本无根。好

风凭借力，送我上青云。（宝钗）

落去君休惜，飞来我自知。（宝玉）

纹堕百花洲，香残燕子楼。一团团逐成毬。飘泊亦如人命薄，空缱绻，说风流。草木也知愁，韶华竟白头。叹今生谁舍谁收，嫁与东风春不管，凭你去，忽淹留。（黛玉）

看宝钗的，“好风凭借力，送我上青云”，如黛玉的“飘泊亦如人薄命”，同一事物，所见何等不同。

我们对于这种主观的不同的感觉，大体上可以分析出他是有原因的：

我们先论光暗。暗可引人恐怖。卢梭的Emile第二卷中说：

“黑夜使人恐惧，有时连动物也怕暗的。”

因为黑暗能吞没一切东西，而且一切危害及神秘的东西能在黑暗中活动而爆发出来，所以使人可怕。M.Dauzat说，因为黑暗是可怕，所以阴天由浓雾、灰色的云块及一切灰色的东西都呈愁惨的感觉了。白正得其反。但这因关系时代与习俗，故不能一概而论。中国各代我没有经过有统系的研究，据说商朝是尚白。在欧洲，白是圣洁，以百合花为一切美善是象征。而且在《古法文中色彩的研究》书中知道“放花”与“兴盛”都有白的意义。在中国，革命以前，黄色极受尊视，现在则红色还有很受人爱之势。红黄是花中常见的颜色，或者因此使人爱好。大体上乡人爱这种强光的颜色，想必因为受常见的草木的绿而起的反感。久住城市的人，不必是透露墙头的新柳，似乎一见无论什么的绿色就神往了。M.Paulhan在《风景的美学》中说：“一幅风景中各部没有剧变者，色彩不太强烈，变化不多而缓慢者，总是柔和的。所以，水平的常是沉静，而垂直者或倾斜者就有活动不安静之感。凡自然的表现有与人的表情相像者，我们就以自己灵魂分给了这景物，我们看：

“云山苍苍，江水泱泱，先生之风，山高水长。”

因此，我们在表现自已的感情时，或者引动他们的感情时，就在周围的自然中搜寻或创造相同的资料，“关关雎鸠”就是这样的用在讲“窈窕淑女”的诗中。你看，“若把西湖比西子，淡妆浓抹总相宜”。又英国Gray在游法国Grande Chartreuse之后说：

“无一危崖，无一溪流，无一不岩壁不满是宗数、满是诗意：这将使无神论者也信仰了。”

因为我们这样的给自然以灵魂，就成为象征，直至于“拟人”。这一部分很丰富，也最有趣，若能搜罗中国各地民间象征之不同，实在可使文学增加极大的资料。La Fontaine的寓言，Ander-sen的童话，都以此为主体的。在他种文学作品也多多应用，并不一定是泛神主义。

“举杯邀明月，对影成三人”。（李白）

“当白羊到山中的时候，大家都欢迎。老年的柏树们从来没有见过这样的美丽，大家好像款待小皇后的待他。栗树们伸下枝条一直到地，可以来抚弄他。金丁香盛开在他所经的路旁而且尽力的放香。满山都为他贺祝。”（M.Segnin）

Loti写他姨母遗下来的瓶花，写得像这花就是他的姨母了。

于是要讲到古迹了。一块断碑，一片废墟，于我们有什么价值呢？在乡下人以为断石不能铺路，荒地不能耕种的，然而有这种呆子出重价购买或派人保护。Chateaubriand在*Génie du*

*Christianiand*中说：

> “人们对于古迹都有一种隐爱。这种感情出于我们脆弱，以及这种古物的倾废于我们生命的短促有神秘的相似。此外还有对于人类全体，想到我们的琐小，如此伟大的人，也只能活得极短的时间。”

《前赤壁赋》中的“固一世之雄也，而今安在哉”！正是感情所发的。

普通，我们能从古物与古迹得到一个背景，使我们的感情格外浓厚。有人以为这使人怀古，以至于复古，其实，倘若善于利用，正因与现代比较之故，引起奋发。

可是现在又要回说个性的问题了。很使常人高兴的景物，在心境不好者反觉得悲观的，最明显的：

> “桃花帘外开仍旧，帘中人比桃花瘦！”

有的以为联想而改变爱憎。Dauzat说，市场中海鱼的咸臭，使人联想海边避暑生活而快乐。讲到我自已的经验：一天，我觉得有一种外来的快乐，然而寻不出原因。想了很久，知道我旁边工厂中出来的烟煤，使我联想闻着火车煤气而旅行的快乐。

利用这种种原理，我们以文字或以搬运一片景色给阅者，使他得到一种新的感情，然而，竟有许多人是不能用自然感动的。乡下人为实用所蔽，不能体味了。据M. Dauzat的经验，许多受高等教育的人，也不能理解的。但当于这种艺术多多接近时，他的感觉也就进步，而使他爱好了。有大部分的爱好自然的，是人事的失意者，受人欺侮而来与自然亲近。是的，屈原就是最著的一个。但现在，不必失意，受人事太紧之苦者，也可用自然来调剂。

欧洲文学从卢梭大喊返于自然以后截然分为两期。在欧洲，以前是不知道用自然之感于艺术的。古希腊文学简截没有自然的描写：希腊人集中他们的注意于人身上，他们有字句来表现他们的快乐或哀痛，不必利用自然之感了。印度人是研究自然之感最早者，中国即在其次。所恨我太没有研究，不能将中国从来所描写的尽量的比较其得失，但在我一孔之见，有许多如月色、如雨声，为中国人所深超的。过去的是过去的，我们所要探求的是将来的，以下说我们的将来。

看到《红玫瑰》第40期，里面有《小说成语字典样张》一篇，写着：

一 丝丝的杨柳。淡淡的月光。碧油油的天空。活泼泼的飞鸟。

二 他急得同热锅里的蚂蚁一般。

三 他的苹果般的脸儿。樱桃似的小口。

四 少年对女郎说，吾爱。

我想，一定有人感激这种成语字典的。然而，你看：这要使人查考这字典、供小说之用吗？那么，遍地“丝丝杨柳”，满天“淡淡的月光”，将使不能见到这种树木别的天色，这是何等的难受呵！

是的，我有这个意思：我们应该将古来的描写自然的荟集起来而加以比较，加以类别。我们应该知道古今中外对于杨柳描写有几种，对于月光的有几种。我们应该知道凡有人用过的，再用时就减少引人之力了。不必说的：写满这“丝丝的杨柳”“淡淡的月光”，给我们些什么印象呢？我们知道不应该用他人用过的描写，然而我们不知道他人用过什么，于是尽力思索所得者还是他人用过的，所以最好将已用者搜集起来，使人可在已用者之外去创造。同时还当有一本书，以性质分类而于每项下记录各处所用为衬托、用为象征的事物，例如寿南山（《诗经》）、龟鹤（郭璞诗）、松柏、南极星、仙桃、陈抟等等各志出来历，这不限于末一字是寿字的，而且不限于词句中有寿字的，与《佩文韵府》《诗韵集成》是不同的，而且须采纳各地民间所用，不限于已见古典今书者。愈搜罗得广，愈促人有新的创作。

然而这只是在一方面立论的话。在另一方面，我们知道天地间的创造是不很多的，我们创造不出时，只得在他人用过的上面再求小进步，或者只拣得少被人用的。在这两种情形时，都非有一部可查的书籍不可。然而还不是正用，我们注重创造，但也须重视历史关系，我们正该如西洋用同义字典的，当作文时可一检查而拣最适当者应用。

不过我们并不等待"丝丝的杨柳"的字典，而且我不希望以一人或少数人听了我的话，就有名无实地做书了。这工作是要集合的，尤其要郑重的。我，非但不配做这工作，现在且不配谈这问题，所要说的还是创作问题。

我是想练习些自然之感的，在《归航》中如《红海上的一幕》与《海港一角》等很费我浅陋的观察而用心描写的，但结果很不好，大家所知道的。眼见用轻笔的描写如Mistral在Mireille中的一句："沙滩平静而沉默，远远的在海中消失，而海又消失在苍苍的空气中。"又看了Daudet、Loti的细腻，我又远不及。

国内新文学、新绘画中已很多好的描写，我希望大家更努力于客观的观察，又各人以新鲜的方法来利用。罗丹说："在其他的人不过是树木与木与泥土的东西，在风景画家则化为一类硕大生活的颜面。Coro看见善意散布在树梢上在平原的草上，与在湖水的镜面上，Millet则在比看见受苦与任运。"（罗丹的《美术》，韩敖君译本）。我希望大家各追前人而为特此的自然描写者。我自已曾见景物观察，但没有所得。现在太忙乱，连观察也不能了。望勿以我文之拙劣而冷爱好自然者研究之心。

去年底，我回国一年纪念，曾作《呵，一年了!》文，忏悔毫无工作。现在又是一年了，将怎样的忏悔呢？我昏乱得连怎样消费了这一年也记不清了。为了写这篇久已想写的文章，忽东忽西地在朋友家偷静去写。乘此勉强完结时候，含糊地说一句：这就算是今年的总结吧。

我也这样要对读者发些与他们毫不相干的牢骚了，然而我因为声明文中举例。尤其是文章的线索，很有不乏当之处，要求阅者原谅，不得不这样一说。

乐山访濠上草堂呈马一浮先生

丰子恺

丰子恺

按：丰子恺（1898—1975），原名丰润，又名仁、仍，字子觊，后改为子恺，笔名TK，浙江省嘉兴市桐乡市石门镇人。一生受其师李叔同影响甚大，曾组织发起“中华美育会”，创《美育》杂志，参与发起、创办开明书店。1921年东渡日本短期考察，学习绘画、音乐和外语。擅以中西融合画法创作漫画以及散文，亦长于翻译、艺术教育、诗文书画。著译有《缘缘堂随笔》《西洋美术史》《艺术趣味》《教师日记》《阿Q正传漫画》《丰子恺书法》《音乐的常识》《近世十大音乐家》《孩子们的音乐》《苦闷的象征》《艺术概论》《源氏物语》《猎人笔记》等。1942年任重庆国立艺专教授兼教务主任。

1937年抗日战争全面爆发，丰子恺与马一浮先生都避难大西南。马一浮先生于1939年在乐山乌尤寺创办复性书院，讲学课徒，著述刻书，留下《复性书院讲录》《尔雅台答问》等重要学术著作。濠上草堂为马一浮先生在乌尤山下自建的居所。1942年春分前，居住在贵州遵义的丰子恺，托友人将部分国画作品携来乐山公园展览。马一浮观画展后曾题诗相赠，中有“卧游壁观可同时，万法生心即画师”“屏上春山蕉下梦，不妨收入一囊诗”等句，给予很高评价。后又于1943年写了《立夏日寄子恺》二首诗相赠：“红是樱桃绿是蕉，画中景物未全凋。清和四月巴山路，定有行人忆六桥。”“身在他乡梦故乡，故乡今已是他乡。画师酒后应回首，世相无常画有常。”丰子恺也于1943年专程由渝赴乐山，前往濠上草堂拜望马一浮，写下了这首《乐山访濠上草堂呈马一浮先生》诗。

蜀道原无阻，灵山信不遥。
草堂春寂寂，茶灶夜迢迢。
麟凤胸中藏，龙蛇壁上骄。
近邻谁得住？大佛百寻高！

玲珑四犯

陆维钊

陆维钊

按：陆维钊（1899—1980），原名子平，字东武，后改名维钊，字微昭，晚年自署劭翁，浙江平湖新仓镇人。早年曾任清华大学国学研究院王国维先生助教。亦曾协助叶恭绰先生编纂《全清词钞》。精书法，擅诗文、山水、花卉、篆刻。著有《中国书法》《书法述要》《陆维钊书法选》《陆维钊书画集》《陆维钊诗词选》等。1959年秋，应浙江美术学院邀请讲授古典文学课。1960年应潘天寿院长之请，由杭州大学调入浙江美术学院，任中国画系副教授。1962年在潘天寿院长的积极领导下，经文化部批准，浙江美术学院试办书法篆刻专业。学院决定在中国画系筹组书法篆刻科，筹备组由潘天寿、吴茀之、诸乐三、陆维钊、刘江等组成，陆维钊负责具体筹备工作，刘江协助。1963年浙江美术学院书法篆刻科正式开学，陆维钊任国画系书法篆刻科主任。1979年接受浙江美术学院培养研究生的任务，招收全国第一批书法篆刻专业研究生朱关田、王冬龄、邱振中、祝遂之、陈振濂等五人。

玲珑四犯，词牌名，又名“四犯玲珑”“夜来花”。以北宋周邦彦《玲珑四犯·秾李夭桃》为正体，双调九十九字，前后段各九句、五仄韵。另有双调一百零一字，前段九句四仄韵，后段九句五仄韵；双调一百零一字，前段九句四仄韵，后段八句四仄韵等变体。

陆维钊先生的《玲珑四犯》词作，据其词前短文知，系应其师伯沆之索而和之作。伯沆即王伯沆（1871—1944），名瀣，一字伯谦，晚年自号冬饮，又别署沆一、伯涵、伯韩、无想居士等，生于南京，是清末至民国年间著名的国学大师。

伯沆师索观近词，适师有《玲珑四犯》之作，因和呈政。

澹日水繁，高城风定，登临秋事谁主？抗歌千载意，俯仰人前趣。莼鲈漫催别绪。记年时拂衣归去。两袖黄花，一林霜磬，月夜剪灯语。

吴天几回重叙。甚香销酒醒，愁思难数。江空天不动，野阔星如雨。栏杆是处堪惆怅，莫轻过重阳风雨。恁划地楼台，悄笳声如许！

致全国艺术界书

林风眠

林风眠

按：林风眠（1900—1991），原名绍琼，字凤鸣，后改风眠。广东省梅县白宫镇阁公岭村人。客家人，祖籍福建省宁化县石壁村。1919年12月赴法勤工俭学。1921年就读于法国里昂第戎美术专门学校和巴黎国立高等美术学校。擅绘画、艺术教育。著译有《艺术丛论》《艺术与新生活运动》《一九三五年的世界艺术》《印象派绘画》《林风眠画集》等。1926年1月至1927年7月任（北京）国立艺术专门学校（今中央美术学院前身）校长。1928年1月至1928年3月，具体负责在杭州西湖创建国立艺术院（今中国美术学院前身），并任首任院长。1929年10月，国立艺术院改名国立杭州艺术专科学校，继续任校长。因抗日战争爆发，1937年11月，率国立杭州艺术专科学校师生西迁。1938年1月，国立杭州艺专在湖南沅陵与国立北平艺术专科学校（今中央美术学院前身）合并为国立艺术专科学校，任主任委员（即校长职），旋被迫辞职。此后回国立艺术专科学校任教授，直至1951年被迫辞职。

《致全国艺术界书》写于林风眠1927年被迫辞去（北京）国立艺术专门学校校长之后南下及国立艺术院创办前夕，原刊1928年1月15日《贡献》旬刊第5期，后收入林风眠文集《艺术丛论》（正中书局1936年3月南京初版，1946年6月上海1版）。林先生曾于文后志云："这篇文字是民国十六年写的，当时曾印专册分送。现在看起来，文字的形式同内容，不免有许多可议的处所。不过，这差不多是本人回国后最大片段的一个言论，且从中可以看出些八年前中国艺术界的情况，所以也一并收在这里。民二十四风眠志。"

全国艺术界的先生们、女士们：

在过去十余年中，艺术运动上我们所做的工夫，是专致力于"力行"方面的。

彼时以为，中国之缺乏艺术的陶冶，主要原因，在于没有真正创造的艺术品。绕在国人眼前的那些缺乏生命的赝造品，都不能引起国人对于艺术的赏鉴趣味，致使艺术在中国的地位，一天一天低落下去。这种艺术地位低落的结果，逼得国内艺术家不得不走向无望的死路，而前之所谓赝造品的，乃愈衰颓而至不成东西。国人亦正因没有东西可赏鉴，愈卑视艺术而至不谈艺术。如此，艺术既愈趋愈下，人心亦愈趋愈不肯受艺术的陶冶，前途危殆，真是不堪设想。欲救此种危殆，则非有肯于牺牲一时名利的艺术家，奋其腕力，一方面以真正的作品问世，使国人知艺术品之究为何物，以引起其赏鉴的兴趣，一方面为中国艺术界打开一条血路，将被逼入死路的艺术家救出来，共同为国人世人创造有生命的艺术作品不可。

抱定此种信念，以"我入地狱"之精神，乃与五七同志，终日埋首画室之中，奋其全力，专在西洋艺术之创作，与中西艺术之沟通上做工夫；如是者六七年。在此六七年的短期中，虽因天才不逮之故，未见有多少之成效，只此奋斗不已，无时或忘艺术运动的苦心，自问亦复差堪告慰。

归国以后，直接与中国社会接触，凡所闻见，多足证明昔日之观察为不误，而事实且有过之而无不及！故在忝长北京国立艺术专门学校之初，即抱定一方致力在欧工作之继续，一方致力改造艺术学校之决心，俾能集中艺术界的力量，扶助多数的青年作家，共同奋斗，以求打破艺术上传统模仿的观念，使倾向于基础的练习及自由的创作；更以艺人团结之力，举办大规模之艺术展览会，以期实现社会艺术化的理想。感谢艺专热心艺运的朋友们，虽在北京政府财源异常涸竭之下，仍使可爱的艺专，能保持其蒸蒸日上的朝气。便是北方的民众，在这一年多的时期中，也有了对于艺术上的朦胧的感觉。

不期横逆之来，不先不后，偏于此艺术运动刚有复兴希望时来到，于是，费尽多少心血的，刚刚扶持得起的一点艺术运动的曙光，又被灭裂破坏以去！这是艺术运动中多么可悲的事啊！

受到这样无端的打击，我们感到，在此种恶势力的范围之下，艺术运动，万难有重行建筑起来的可能，只能以决然的态度，向新的方向，继续努力。伴此而得的感想：大概是艺术的言论方面没有做到工夫吧？为什么为学西画者所绝不可缺的人体模特儿的临写，会被指为有伤风化呢？

南下以来，一方面因时间匆促，一方面昔日相信需要“力行”的观念未除，故对艺术运动上的主张与方法，仍少有具体之言论。便在这个时期，引起了不少南方艺术界同志们的误会，有的形诸文字，有的闻诸口传，一似我们从南下以后，便同其他诸大人先生一样，专意在得高位拿巨俸上做工夫，完全忘记了艺术运动的职志！艺术界的同志们这样热心地为艺术运动而警告我们，使得我们更感到便是为了纯洁的艺术运动，仍有时时说话的必要。

此地，姑且把我个人所见到的，同艺术界的同志们一谈。从此，我们把艺术运动的信条，于努力“力行”之外，更须加上“宣传”一项。

一、感情的安慰

谈到艺术便谈到感情。艺术根本是感情的产物，人类如果没有感情，自也用不到什么艺术；换言之，艺术如果对于感情不发生任何力量，此种艺术已不成为艺术。

依照艺术家的说法，一切社会问题，应该都是感情的问题。

中山先生四十年努力国民革命，目的在求中国之自由平等，而以博爱之精神，企望世界之大同。自由、平等、博爱以及世界大同之企图，哪一种不是感情上的事？盖以中国人而受制于清朝之外族，而受制于列强之帝国主义，自己有话不敢说、有路不敢走，是多么不痛快的事啊！同样是人，彼皇族也，生活特别优益，气势动辄压人；我小民也，牺牲精神、财力以博欺我者之欢心，又是多么不痛快的事啊！积此种种不快，为中山先生所领导的国民革命的伟力举而铲除之，此中山先生的人格之所以特别伟大，其伟大亦正因建筑在能为中国人满足其求痛快之感情。

谓社会之组成，在于彼此间之契约者，应知人而不喜有此契约者，无论契约根本不能产生，即能产生，其信亦必不能坚定耐久；谓社会之无论契约根本不能产生，即能产生，其信亦必不能坚定耐久；谓社会之进化，在于生产分配之转变不同者，应知人之所以感到生产必须进步，与夫分配之必须平等者，恶生产之缺乏故欲其进，恶分配之不均故欲其平也，亦感情之事也；即如中国古所谓修身、正心、治国、平天下者，所谓亲亲而后仁民，仁民而后国治云云，其表明感情为人类之第一需要也甚明；最著者，如巴枯宁、克鲁巴特金辈，则直欲以互助友爱为解决社会问题之第一种手法！

今姑置各大哲已成之言论，而以我们自己的眼睛，把人间的事实观察一下，亦可多得此种说法之助。不管什么样的人，于人我相对之下，总免不了各种的比较。你如果拉住几个站在革命战线上的志士，一一详讯之，你可以见到，有些人是因为自己的衣服不如人，因连累而及于其他，故起而为革命运动，以求为凡作如是感者找一个快意的方法；有些人是因为自己的饭食不如人，因连累而及于其他，故起为革命行动，以求为凡作如是感者找一条满足的路；种种说法，种种想法，大概都因感情上最初一点小事不快活，因而杀身成仁，因而马革裹尸！为什么要修马路？因为马路不好，走起来不舒服；为什么要装自来水？因为井水河水不好，吃起来会生病，生病便不舒服！因感到不舒服，而努力于求舒服。马路好了，自来水好了，建筑物好了，衣饰用具都好了，一个市政也办好了。由一市推之一县，由一县推之一省，一国，一世界，可以说都是这样办法，而其办法之初，总是根据于感情的激动！

骤然看来，科学家仿佛比政治家还要冷静得多，似乎用不到什么感情了！实则，且不论其衣食住行如不佳，很能影响于他的思辨力，只他为什么一定要这样苦心钻研一问题，便立刻会想到求知欲的满足问题。如果他不以求得某种难题的解答为快意，不以求得某种发明为快意的话，他早就很远很远地躲了开去，谁肯费心去找苦吃？人原是要活命的，所以活命不得的人，便一天天在那里求活命；能够活命之后，又要问何以活，活是什么？所以，一般衣食足的人，便又一天天在那里求活的道理！要活、求活是感情，求活的原由亦是感情的作用！

人类为求知识的满足，所以有哲学之类的科目，为求意志的满足，所以有政治之类的方法；为求感情的充实，故于文哲政法之外，又有艺术。——艺术，一方面创造者得以自满其情感之欲，一方面以其作品为一切人类社会的一切事物之助！

艺术是感情的产物，有艺术而后感情得以安慰！

二、宗教的信仰

安慰为人类第一生命的感情者，艺术却是后起之秀，最初的方法是对于宗教的信仰。

Max Muller说："宗教是一个勉强的努力，用以解释那些不可解释的事物，满足那些不可满足的热望的。"所谓"热望"，便是非如何如何不快意的那种欲望。

原来人类这怪物，他的欲望比什么都大，他不特要在自身之外，寻求解释，寻求所谓"宇宙观"，并且对自身，亦有同样寻求解释的要求，所谓"人生观"便是。在宗教的原始时代，外间奇形怪状的事物正多，其来去生灭的渊源正渺，加以彼时的人类悟性亦正幼稚，举凡推想不及、忆想不到的事事物物，在事实上不能求得圆满解答者，不能不用种种自骗的方法救之，以免于失望悲哀之苦。因此，初则归之于各物有各物之神，终则一归于万能之上帝。

为求此种臆造的假象之愈益坚定不变计，又不得不借助于感情的扶持：在动作上，造成许多诵经膜拜祈祷种种特别仪式，以求在筋觉上帮助其信仰的情意；在音乐上，造成许多赞美歌谱种种特别的音调意味，以求在听觉上帮助其信仰的情绪；在建筑上，造成偌大崇高的形体，造成幽静暗淡的光线，以求在气氛上帮助其信仰的心情；在绘画同雕刻上，又造成光怪陆离的图形与颜色，以求在视觉上帮助其信仰的情感；诸如此类的设置编制，都是有意的，用感情来维持宗教的信仰的。

宗教为安慰人类而起，借了感情的方法，增加他的力量，以求满足感情之终极。

人类的热望是有加无已的，所以宗教对于信仰的维持，亦不能不日求进步，即宗教之需要于激动感情的艺术，亦不得不日求进化；故在人类知识已有相当进步的时候，由简单的神的观念，造成各种耸动人情的神话，如《使徒行传》及希腊神话之类是；再进而有各种伟大的建筑与绘画，如希腊、罗马各处之大教堂是。

不管是世界的哪一国，我们都能第一个想到他们的宗教；不管是哪一个国内的宗教，我们能第一个找到他们的艺术成分。人类是感情特胜的，安慰感情的第一工具是宗教，维持宗教的信仰者，第一个利器是艺术。

三、艺术代宗教

宗教同艺术自始便结了不解缘。

在原始人类所居的地穴中，所发现的绘画涂绘的地位，多半在日常生活很少接近的地方，意在避免或禁止妇女稚童与外来生客的接近，以为妇女稚童是不洁的，外来生客是易起侮慢之举的，都不宜于接近这些东西，因为这些艺术作品是神圣不可侵犯的。

更据Dechelette的调查，在澳洲及美洲的蛮民，把猛兽视作保护之神，所以对于这些东西都非常崇拜，便成了拜物教；此教由生动的兽类之崇拜，因袭变化而为偶像。——偶像便是雕刻的始形；换言之，雕刻的初形，曾被视作神圣。

再看埃及的艺术，最显著的如金字塔，却是寄存尸身之坟墓。他们因为相信有神，故谓人死之后，仍须保持其尸体之完整，以待灵魂之归来，故把葬身的坟墓，视作与神庙一般无二；其坟墓之建筑，与石洞中之雕像，表现的神秘，正同宗教的意味。

至于希腊的艺术，则比较地倾向于人的方面。——此亦无他，因希腊人之宗教思想以人为本位，而作家之选题又非常自由的缘故。希腊艺术发达之动机，虽是受各方面的影响，但其心目中神的意味，总有相当的存在，亦为其艺术能长久进步的主因。

他如罗马与哥特的各种建筑及雕刻，其意味中之宗教的成分，总很明显。

据此，我们可以知道，原始的宗教，便是原始的艺术：可以说宗教因艺术而起，也可以说艺术因宗教而生；或说，在人类的初期，艺术与宗教是相因而生的。

前一节已经说过，宗教家为维持其信仰计，利用了艺术的方法，由人类的感情下手，把宗教的意义深入人心，因而造为种种仪式，造为种种诗歌，造为种种雕像同建筑，造为种种装饰及绘画。此种利用，恰好提高了艺术的地位，促进了艺术的发展。

在信念上，艺术是表现神的东西，因为对于神的崇拜，连累而及于艺术，艺术便成为亚神圣而亦神圣的东西了。加以古代以艺术品为神像之过去的历史，于是艺术在人间的地位，便因之益高。

在威力上，欧洲古代的教皇，是与政治无大区别的，教皇为保持其个人的威权，不得不将宗教的权威扩大，为了制造艺术作品及保存艺术品之故，往往雷厉风行，权威倾于帝王。因此，艺术在人类心目中的威严，也骤然巨增。

在财力上，常人所不能办或不敢办的绝大的工程，因了宗教之故，往往易如反掌。如欧洲之大教堂圣彼得大教堂，甚至用教皇的威命，把多少有名的艺术家，或几年或几十百年地在为一件工作做工；这是任何样的巨富大家，也做不起来的大工程。

有名的艺术作家，在文艺复兴以前的，他所遗留下来的鸿篇巨制，除一点点不足轻重的玩艺儿而外，因以得名的，总是表现宗教的精神，供献给宗教的作品！

据此，我们知道，文艺复兴以前的宗教，把后来代他而兴的那艺术，提撕养育到有自立能力的程度了！文艺复兴以前的宗教，利用艺术的功用深入人心，艺术亦因宗教之提撕而进步。

前一时期，艺术附属于宗教而发达；后一时期，艺术脱离宗教而趋于人生的表现，独当一面地直接满足人类的感情。例如西洋的艺术，在文艺复兴之前，充满着神秘与宗教的意味；文艺复兴之后，多描写人生的故事，而倾向于普遍的人生的方面。艺术则初与宗教相因而生，继与宗教同时发展，再进而与宗教分化，终则代宗教而起了。

艺术与宗教忽然发生了分化的作用，其主要原因：仍在两方方法之不同。而此所谓方法，正是何以为人类解释宇宙同人生的哑谜的方法，仍是用以满足人类求知的欲望，与感情的终宿的方法。

宗教所用的方法，是用种种乌何有的欺骗的手法，造出种种蒙蔽人的智慧的谣言，期以瞒过人的理智，以导入于正当之途。此种办法，在科学发达，科学方法日见高强之下，便不免一天天露出破绽，终以科学益形进步之后，凡宗教昔日用以欺骗人的手法，多半被科学家用事实同人工证出了错误。——于是宗教的信仰，便已日见堕落。

宗教原无必能引人信仰之能力，科学发达之后，其已有之一部分，已被证出错误，所余一部分，则又多半系借助于艺术的功用而成的。这一部分中，除艺术的本力以外，所余只有各种仪式。而所谓仪式者，在昔人类理性尚未十分发展时，尚有其相当的威力，及人类理性已经有相当的发展。此种仪式，亦渐见其板滞干燥的缺点；其亟，不但不能帮人亲信宗教，反致引起人们对宗教的危惧！

宗教的弱点既如此；而返观艺术，则恰恰与之相反。

宗教自把艺术扶持培养成功之后，艺术的魔力，转比宗教伟大。艺术的表现工具是形象、颜色，或声音，这种东西不但不怕科学来摧残，乃以科学日见发达，反使艺术的表现工具，也突然地得到非常的进步，如形象的变化，颜色的分析，以及声音的日渐复杂，可说全是科学之赐，这一点，已经比宗教胜过一筹了。艺术虽同为建基于人类感情的安慰，而艺术的表现方法，很自由，很抒情，决无宗教那样板滞的仪式。

正当这宗教威力一天一天衰颓，艺术的威力反一天一天增高的时候，意大利的文艺复兴运动已经到了成熟期，宗教与艺术的分裂，便到了时机！

文艺复兴的主要意义，是希腊思想之复活，所谓人的发现，实际的生活发现是领导这个复兴的高潮者，如达·芬奇，如拉斐尔，如米开朗琪罗，却又都是些艺术家。——艺术的魔力，已经能把活泼泼的人，从神的铁掌下拖了出来，使他们走上活的路，便是艺术从宗教下解放出来的原力了。

据此，我们又可以知道，艺术在文艺复兴之初，是同宗教已经分家的时候。此后，维持人类感情的重责，便不得不由宗教家的手里，转移到艺术家的肩上来了。

四、艺术的影响

人类最大的秘密，除科学家已经解释者外，便是“人生有什么意义？”和“到底有什么归宿？”这个问题。人类最大的悲哀，除衣食诸事能由科学或人事满足者外，便是找不到此生的归宿，不晓得此生的意义。

在宗教还能保持其尊严的时候，人类还可以把前一个问题归之于神，把后一个问题归诸皈依上帝。到宗教在科学的显微镜下溜去的时候，昔之用以自诓的宗教已去，而人类向前的要求却不曾已，且实际上，每与此种锋利的要求以异常的打击。这种打击，使人类生活，起了绝大的变动，感情上骤然增加了无限的悲哀与失望。——于此，负着安慰，调和这种冲突之责者，便只有艺术。

艺术的第一利器，是他的美。

美像一杯清水，当被骄阳晒得异常急躁的时候，他第一会使人马上收到清醒凉爽的快感！

美像一杯醇酒，当人在日间工作累得异常惫乏的时候，他第一会使人马上收到苏醒恬静的效力！

美像人间一个最深情的淑女，当来人无论怀了何种悲哀的情绪时，她第一会使人得到他所愿得的那种温情和安慰，而且毫不费力。

艺术把这种魔力挂在他的胸前，便任我们从哪一方面，得到哪一种打击，起了哪一种不快之感，只要遇到了他，他立刻把一种我们所要的美感，将我们不快之感换过去！只要一见到艺术的面，我们操纵自己的力量便没有了，而不期然地转到他那边！

艺术的第二种利器，是他的力！

这种力，他没有悍壮的形体，却有比壮夫还壮过百倍的力，善于把握人的生命，而不为所觉！

这种力，他没有利刃般的狠毒，却有比利刃还利过百倍的威严，善于强迫人的行动，而不为所苦！

这种力像是我们所畏惧的那运命之神，无论生活着怎样的生活方法，他总会像玩一个石子一样，运用自如地玩着人的命运，东便东，西便西！

艺术，把这种力量藏诸身后，便任我们想用什么方法，走向哪一方面，只要被他知道了，他立刻会很从容地，把我们送到我们要去的那条路的最好的一段上，增加了我们的兴趣，鼓起了我们的勇气，使我们更愉快地走下去！

艺术，是人生一切苦难的调剂者！

我们应该认定，艺术一方面调和生活上的冲突，他方面，传达人类的情绪，使人与人间互相了解。

托尔斯泰说："如要给艺术一个正确的定义，当先不要把他看作快乐的源泉，应当认他为人类生活中一个条件；这样观察，便可见出，艺术是人类间互相传达的一种方法。"又说："言语传达人类的意思，为人类联合的一个法则，艺术也是这样，不同的地方，人用言语来传达自己的意思给别一个人，用艺术传达自己的情绪给别一个人。”

我们日常所最需要的不是同情吗？艺术能把彼此的甘苦交换过，最能唤起此种同情；知道有同情的文明社会之所以为福地，便可见到艺术影响的一般了！

引起人与人间种种纠纷的不是各人的自私吗？艺术能把他的感情及美，浸入赏鉴者的心肺，使这种下贱的我见，完全在同情与美感下消灭；人类舍却其各个的自私之见，人类社会的各种纠纷与苦恼，大半可以不再发生了！

只要大家没有不平的戾气，只要大家都有了工作的勇气与兴趣，只要大家没有损人利己的下贱行为，只要大家都存着大公无私的同情心，人类社会还会有什么战争，还会有什么不自由，不平等的吗？孔子是最讲求实利主义的，但对礼乐书数御羿骑射并没有好大区别，奈何此刻反有看不起艺术的中国人呢？

艺术，是人间和平的给与者！

五、中国的艺术

艺术在别处也曾被人蔑视过，而特别在中国被侮辱到不可言说。——虽然艺术是人间生活的调剂者，是人间和平的给与者！

大儒如斯宾塞，便把艺术小视过！他以为，艺术对于人生的根本问题，并没有什么大不了的关系，艺术的作用，对于人生，并不负若何重大责任！

据他的意思，好像艺术只是人类剩余的生活力上一种无味的游戏一样，是个诱人的魔女！

这种论调，未免言之太偏！游戏在人类一切动作中，自是无所谓的一种茫然的表现。——如游猎、赛跑之类，在客观方面，既没有多少快感可生，也没有引起同情的能力，谓之曰无味，谁也不见得反对。至于艺术，正如上文所举，是同游戏全然不同的东西，怎样能够相提并论呢？

至于中国，虽则较之孔子的时代，已经进步了多少年，对于昔为孔子所重视的艺术之类（自然讲不到纯真的艺术）却又大大地侮蔑起来！

艺术在现代多数中国人眼光中，恰同斯宾塞一样，认为它和人类或社会，从不曾发生若何重要的关系。——或因中国人现在所需要的是物质上的粮食，是米，是菜，是麦面，是牛肉和大葱；不需要精神上的粮食，不需要优美的情感，不需要焕发的勇气，不需要人间的同情，不需要安逸的和平？

中国的艺术，在这种错误的观念统治之下，不要说因社会的蔑视而没有人来研究艺术，即使有之，一面既没有同志的接济，一面仍须受环境上各种无意识的压迫，便要产生也无可产生了！因此，中国之所谓艺术家者，便不得不婢膝奴颜地向恶劣的暗示妥协，有所制作，不特不能引起人类精神生活向上的倾向，而且愈趋愈下，日渐变为卑劣丑恶的娱乐品，或专以刺激性欲的东西！

中国现时所流行的，为多数人所喜悦，而特别认定为艺术的，如旧剧，如古画，如音乐、雕刻，及建筑诸类，我们试一略加思考，便可觉到无限的凄凉！

且不必多举，我们但以旧剧一项试试看。

旧剧在中国社会上，可算是最普遍的娱乐之一种。（可怜，中国过去的艺术，只可称作娱乐之一种！）旧剧的内容，多描写历史上忠君爱国、贞妇孝子的故事，或简单到十二分可怜的、一种下等的游戏。形式方面，难为他们这千百年中历练出来的精彩，比较有价值的，当然是装饰上的均齐的意味，如战舞的姿态，几何式的步法，涂绘的颜面，如此而已。

在现代这个社会，旧式的忠贞节孝的意义，只不过是取其形似而遗其实质的伪仪而已，只不过是封建思想同奴隶思想的代表而已，自然早已用不着了！如用之，只有反时代的遗老遗少之流；这些人是该消灭的，表现这种意义的东西同样该被消灭！

从历史的观点说，装饰与游戏的戏剧，在原始人类，或现在的未开化的民族中为最发达，所以表现这种趣味的东西，至少也应在屏诸四夷之列！这种数百千年传统下来的老玩艺，要他何用？

其他如关于歌唱的方面，腔调之单简，亦可怜到不可思议！这大概在于中国音乐不进步，一方面一直从古代抄袭到如今，不曾有一些儿新乐的创造；一方面却把古代的许多的方法失掉了！其中男男女女所发出的那变态的怪声，可怕的中国人，居然还保持着狂热的嗜好！

总之，中国人对旧剧以及其他的艺术，都当作娱乐的玩艺，只可用以消倦，不做别用！

然而这样，还是清高一点的动机呢！更有种种恶劣下贱的意味，更能直接危及世道人心！

呜呼，中国的艺术！

六、恶劣的影响

请看今日的中国社会，还有一点比较过得去的地方吗？

以言民情，则除蒙蒙无知，不知国家社会以及人类为何物者外，便只有贪狠毒辣的惨杀或被惨杀，以及血枯汗竭的断喊凄嘶！情挚意强者，受不过此种饥苦的压迫，流而为盗匪，成群结队以扰于乡里，多少可怜的同胞们，都断送在他们手里。胆小力衰者，一本其忍苦听命的祖传家训，不死于盗则死于兵，不死于病则死于穷。至其极，则死于贪官污吏土豪劣绅之强掠苦索鞭楚刑烙之下！

以言经济，一面是贪官污吏以及军阀走狗们的腰缠十万，厚榨民脂，以供其花天酒地，长大疮、养大疮、医大疮之用。一面是农工商人的汗流浃背，辛苦奔波，以其所有供给官吏兵匪之豪用，家则妻啼儿号，己则茹苦尝辛！

以言政治，在军事则年有战，月有战，日日有战，无时不战，而终无干戈底定之一刻！在政务则贪险者为民上，无所不用其极，阴谋勾结，弄得昏天地黑，一塌糊涂！转视为军阀借口以保其安宁，为贪官借口以苏其积悃之小民，则已如火益热，如水益深矣！

“人必自侮，而后人侮之”。中国之政治经济社会情形既如此，自己把自己看得不当人，就无怪帝国主义者那些野兽们的日事侵略，必候食尽中国人之膏骨而后止了！

可怜的中国人！从帝国主义者暗伸巨掌于我国境之后，军阀效其毒恶，日以同胞的膏血，换得帝国主义者的毒炮，复向我们的小民毒攻，逞其惨酷自私的毒志。官僚仿其顽劣，日以一己的奴膝，换得军阀的高官，专向我们小民剥削，逞其自肥媚上的贼志。小民之顽强者，亦日以一己之性命，换得眼前的安乐！从此，凡为中国的小民者，其生命财产命运，更无半丝之保障，随时随地可以死矣！

谁不爱生命？然在中国的小民，生命实不值半文钱！

此无他，中国自来无所谓宗教，又无艺术以代宗教而维持其感情的平衡之故！

在欧战时期，法国人以雍容镇静之态度，临机应变，毫不张皇，绝不以目前之小利害而动其心，卒以备战仓猝之国，战胜兵多将勇的德意志。蔡孑民先生说，这种态度，是渊源于该国多年的艺术之陶养的。在蔡先生所著《美术起源》一文中，他说，无论在哪一个时代，艺术同社会的关系，都是很显著的。在教育主张上，从柏拉图提出美育主义后，多数的教育家们，都认美术是改造社会的利器。最近在南京，蔡先生曾有一段演词，说文明社会分工的机械工作太枯燥了，应该提倡艺术化的劳动！我在前文中，已把人类如何需要感情的安慰，以及宗教如何能把握人类的感情，而宗教又如何交代他的安慰感情的责任给艺术，归结到艺术如何能为人类所重！

像中国现刻的这种情况，我们试一留心地检查，立刻可以发现这完全因为感情的不平衡！

在中国，学校教育既不普及，社会教育又完全没有，小民间所恃以得到一点点模糊不分明的人的观念者，以战舞淫靡著称的旧剧而外，只有土匪与大兵的杀人放火所给与的印象最深。加以，中国五千年的历史，只是束缚闭塞的故型，人非死人，哪个不觉得困疲已久，总有大声咤叱一下的必要；况自帝国主义者入主中国以来，急潮怒波，又激得他们无所而可！这大概已经够使一般生命力强的同胞们起而为残民以逞的强者的条件了。——又没有艺术以传播被残者之苦情以启其同情心！

另一方面，孔夫子的礼教早为后世野心家变质成为有毒质的东西。其遗毒，教小民以忍让为上。宋儒诸大老的性理渊源，又教小民以听天由命。历代帝王的专制流毒，教小民以服从强权！这大概已经够使一般禀赋不强的同胞们伏而为见威而服的弱者的条件了。——又没有艺术以鼓其勇武坚毅的感情！

强者益强而暴，冷酷残忍而无一丝之同情，专以杀人肥己的自私为心；弱者益弱而衰，儒怯卑鄙，因无半点之勇气，专以饮泪哀号的自残为生。——综此以观，哪一点不是旧艺术的恶劣与新艺术缺乏的影响？

是的，中国现代的艺术，已失其在社会上相当的能力，中国人的生活，精神上，亦反其寻常的态度，而成为一种变态的生活。人与人间，既失去人类原有的同情心，冷酷残忍及自私的行为，变为多数人的习惯，社会前途的危险之爆发，将愈趋愈险恶而不可收拾！

这不是别的影响，全是艺术不兴的影响，补偏救弊亦在于当今的艺术家！

七、补救的方法

补偏救弊，首在搜寻偏之所自，弊之所生。

我们试一周视，全中国国立的艺术教育机关，经费充足，人才健全，成绩昭著的，有一个吗？在以前，无论如何的经费困难，无论如何的人才缺乏，无论如何的成绩不多，总算还有一个国立的艺术学校！然自北洋残余军阀盘踞京都以后，蒙昧可怜的同胞们，为了看不惯人体模特儿，竟至伙同军阀走狗，把艺专诬蔑得无所不至。结果，这个唯一的国立艺术教育机关，竟被他们蹂躏殆尽！

试观国内出版界，所谓艺术的出版品，如国外艺术家的言论与史略之介绍，如国内建筑、雕刻、音乐、戏剧、绘画之研究及论著，共总有了几本？定期刊物有几种？所谓几种几本者，其高明的程度为如何？其销路为如何？

试观国内的文化运动，我们自不必把中国上下前后的种种困难置之度外，而一意诋毁中国人文化运动的不长进，即在提倡文化运动、社会运动的人，把作为意大利文艺复兴的中流的艺术，究竟记得了没有？

试观国内的四万万同胞们，哪些人会认清了艺术的真力量真面目？哪些人不在那里痛诋臭骂，把艺术看作亡国的靡靡之音？

呜呼！中国的艺术，既没有宗教的伟大威力提撕之于先，又没有狂热的同胞重之于后，略一赏识艺术的帝王，且被后世诋为亡国之君！赌博娼妓、淫词艳语流行于市，实足以大妨艺术之发展，而模特儿乃反被国人诋毁为艺术的诲淫！

我始终以为，欲救此种错误的现象，第一要注意的，仍是真正艺术作品的创造！必如此，而后小之可以使昔之误认淫逸委靡的游戏为艺术，而一以其罪归于艺术者，知何者为艺术的真面目，何者为艺术的障碍物；大之可以使昔之骄奢淫逸者，知人间尚有更高洁的趣味，而一矫其荒唐之恶习！

中国人是被上司指挥惯了的，不是上司口中之是，大家很不容易说是，不是上司口中的非，大家也很不容易便非！下而之于民间，他们就不知道何者为是非！因此，中国的事，不管怎样，仍有从上层做起的必要。——艺术运动如果想很快地发生一点作用，国立的艺术教育机关是必须有的，国办的大规模艺术展览会之类，亦是必须有的！

所谓国立的艺术教育机关，不但能提醒国人对于艺术的重视，亦且可以养成多数的艺术人才，为国内多产生一些真正的艺术作品，也是十分必需的！

我悔悟过去的错误，何以单把致力艺术运动的方法，拘在个人创作一方面呢？真正艺术作品的产生，与其所生的影响，自然很大。如果大多数人没有懂得艺术的理论，没有懂得艺术的来历的话，单有真正的艺术作品，又有谁懂得鉴赏呢？我以为，不但我自己要多添一项艺术运动的工作，所有艺术界的同志们、先生们、女士们，都应该把发表艺术的言论，看作一件要事！

便是在以前北京的国立艺术专门学校，我们何尝不是忘了整顿艺术的理论、广播艺术的宣传之故，才被人那样的误会，说我们用裸体女人诲淫呢？这是前车之覆，艺术界的同志们应该留意的！

此外，如大规模的艺术展览会，也是现在必需的！我们只管说艺术艺术，如果没有个公开的机会，使大家看一看艺术的真相，亲一亲艺术的甘吻，艺术品都藏在艺术家的画室里有什么用？我们只管说旧艺术如何如何不好，他本身有什么不好？只是没有进步，不在尽其艺术上的责任罢了！只管说进步，如果没有个公开的机会，使大家看一看哪一种是最进步最适合时代需要的方法时，艺术究竟该向哪一方面进行呢？

虽然仍有人在那里侮蔑艺术大会，在我个人，始终觉得这种方法是对的。就现在拉到一个在北京住过的人，问他怎么晓得北京国立艺术专门学校，他立刻回答你，说他曾看过他们的艺术大会！

但此处，却有一个十分重要的大问题——艺术界自身团结的问题！

全国艺术界的同志们，请大家平心静气地想想看，我们艺术界的情形，够多么混乱啊！我相信，凡是诚心学艺术的人，都是人间最深情、最易感、最有清晰的头脑的人；艺术家没有利己的私见，只有利他的同情心，艺术家无所谓利禄心，只有为人类求和平的责任心！在中国的社会情形这样紊乱的时候，在中国的民情正在互相倾轧的时候，在中国人的同情心已经消失的时候，正是我们艺术家应该竭其全力，以其整副的狂热的心，唤醒同胞们同情的时候！惜乎许多我们艺术界的同志，却走错了道路，把这样有用的精神，不用在拯民救国的工作上，却用在互相嫉妒互相诋毁的阋墙的恶斗上！诚然，艺术家是比任何样人都加倍地嫉恶如仇的，同时在艺术界，真亦难免有被人误会的所在；但无论如何，这到底是小而又小的小事，值不得我们如此战斗的。——我们所应嫉的恶，是人类整个儿的大恶，我们所应战的敌人，是致全国或全人类于水火的大敌，不是人间的小疵！

全国艺术界的同志们，过去的，我们私斗的错误还不够吗？

要知道，艺术的地位一日不得提高，便是私人怎样想表现自我，也只是无聊的妄想而已！只要艺术的真面目一天不为国人所识，便怎样去咒骂自己的同志，也只是把艺术踹进泥里去而已！

全国艺术界的同志们，请停止了这种可怜的工作，把我们的精力，用在艺术界的团结的努力上吧。我们的敌人，是摧残艺术的各方面的多数人，不团结是不够同他们苦战，不苦战是不够把艺术从困境中救出来的！

必须艺术界自己团结起来，才能够担负广大的艺术工作，使它获有精彩的成绩！

必须艺术界自己团结起来，才能够产生多量的艺术创造品，集中国人对艺术的视线！

必须艺术界自己团结起来，才能够为艺术界产生许多精彩的理论，给艺术一个普遍的宣传！

必须艺术界自己团结起来，才能够有大规模的艺术展览会，在数量同质量上增加他的力量的充实！

也必须艺术界自己团结起来，才能够为全国的艺术教育筹出些良好的方法，增加艺术界同志们的数量，增加社会上对于艺术的认识！

全国艺术界的同志们，现在是我们自己团结起来、一致向艺术运动的方面努力的时候了！

九年前中国有个轰动人间的大运动，那便是一班思想家、文学家所领导的“五四”运动。这个运动的伟大，一直影响到现在；现在无论从哪一方面讲，中国在科学上、文学上的一点进步，非推功于“五四”运动不可！但在这个运动中，虽有蔡孑民先生郑重的告诫，“文化运动不要忘了美术”，但这项曾在西洋的文化史上占得了不得地位的艺术，到底被“五四”运动忘掉了；现在，无论从哪一方面讲，中国社会人心间的感情的破裂，又非归罪于“五四”运动忘了艺术的缺点不可！

不论“五四”在文学同科学上的功劳多大：不论“五四”在艺术上罪过好多，到底“五四”还是文学家、思想家们领导起的一个运动！全国的艺术界同志们，我们的艺术呢？我们的艺术界呢？起来吧，团结起来吧！艺术在意大利的文艺复兴中占了第一把交椅，我们也应把中国的文艺复兴中的主位，拿给艺术坐！

至于我个人，我是始终要以艺术运动为职志的！便是这次到南边来，也完全是为了艺术运动而来，绝不是因我个人的如何如何而来的！我以为，担起艺术的重担，自非我一个人所能胜任的，必须大家团结起来，共同努力！即或不幸，不为艺术界的同志们谅解，我同三五同志， 也要一样地担负这种工作！即再不幸，连三五同志也不肯谅解，只我一个人，也还要一样地担负这种工作！

话虽这样说，我始终相信，艺术界的同志们绝不会放弃大家的责任的！

以上，我把我对于艺术运动的见解与主张，把我十余年来对于艺术运动的努力的经过，把我对于全国艺术界同志们的希望，统统写了出来，知我罪我，一任同志们的裁判吧！

有 感

李金发

李金发

按：李金发（1900—1976），原名李淑良，广东梅县人。早年就读于香港圣约瑟中学，1919年9月赴法勤工俭学，1921年与林风眠同学就读于法国里昂第戎美术专门学校和巴黎国立高等美术学校。著译有《为幸福而歌》《微雨》《食客与凶年》《岭东情歌》《意大利艺术概要》《雕刻家米西盎则罗》《北京的最后勾留》《梭米顿夫人传》《肉的图圄》《古希腊恋歌》《艺术论文集》《德国文学ABC》《异国情调》等。1928年至1931年曾任国立艺术院、国立杭州艺术专科学校（均为今中国美术学院前身）雕塑系主任教授。

《有感》一诗原刊《为幸福而歌》（文学研究会丛书，商务印书馆1926年11初版），是作者回国后于1925年写作的，抒发了诗人对人生的看法及思考生命与死亡的关系。

如残叶溅
　血在我们
　　脚上，

生命便是
　死神唇边
　　的笑，

半死的月下，
　载饮载歌，
　　裂喉的音
随北风飘散。
　　　吁！
　抚慰你所爱的去。
开你户窗
　使其羞怯，
　　征尘蒙其
　　　可爱之眼了。
此是生命
　之羞怯
　　与愤怒么？
如残叶溅
　血在我们
　　脚上，

生命便是
　死神唇边
　　的笑。

自　挽

李金发

按：《自挽》一诗原刊《食客与凶年》（北新书局1927年5月初版），是作者游学德国柏林期间写作的。反映了作者留学时期的思绪。

我明白你眼中的诗意，
呵！年少之朋友，
当我死了，
向人宣诉余多言的罪过。

——我爱沉实的钟声
乱流的眼泪，
当我们举杯邀月，
微风战栗冰冷之肌——

愿我离开此地时，
田野景物毫不迁动，
村童环篱歌唱，
鹦鹉叫人梳头。

最要留心远方的孀妇，
她们随处痛哭，
海潮掠江上舟去，
遗恨在狂笑之波涛。

人若谈及我的名字，
只说这是一秘密，——
爱秋梦与美女之诗人，
据傲里带点méchant.[1]
我尝忘记所羡慕之疆土，
呵！这等曾留匀当之乡，
Adieu！[2]白屋，红墙，芦苇，曲径，
我衣襟既饱着帆风。

Adieu！亲爱的一群，——朋友，
冬夜里杯酒寒炉，
各自怕入年少之门限，
用顽笑扫除生活之皱眉。

我伴着你来，
指点过沿途之花草，
他们哭泣在春夏之荒园里，
其于此地找点忠实与温和。

注释

[1] méchant：法文，“厉害、恶毒、严重”之意。
[2] Adieu：法文，“再见”之意。

三位一体主义

关 良

关 良

按：关良（1900—1986），字良公。广东番禺人，1917年赴日本学习油画，1923年回国，参加过北伐战争，任政治部艺术股长，后辗转于广州、上海、重庆等地的艺术院校任教，擅中国画、油画。著有《关良艺事随谈》《关良回忆录》《关良京戏人物水墨画》《关良油画集》等。1940年任（重庆）国立艺术专科学校油画教授。1946年起历任杭州国立艺术专科学校、浙江美术学院教授。

《三位一体主义》，原刊1939年《美术界》第1期，是作者应《美术界》杂志发起的“美术界往哪儿去”公开征求画家、艺术教育家、艺术批评家等发表意见而作。

良忝身美术界，虽然数十年如一日，并且热情曾催我做过自由的斗士，理性曾导我做过文化的先锋，而今发上染了秋霜，额上添了江河，可是经验告诉我，在工作的收获上，仍是渺小的，是失败的一员！不过这几句闲话，大家不要误会我是“伤感”，是“消极”，而是一种“检讨”，“自觉”和“必然的反省”精神，良谨执着上述的这种态度，对于今后“美术家往哪儿去”？这个问题，做如下的观感：

一、举凡一切的精神文化和担负精神文化的人，都是属于时代的产物，因为精神文化和文化人，必定要帮助着时代，向前猛进，以形成无比的力量，扫荡一切顽固的反动的残渣，栽培着崭新的正义之花。

二、我们文化人，尤其是美术界的文化人，历来的错误，是缺乏广大的团结力，也不知道分工！如一般散沙的乱动中，彼此攻击，互相傲慢，以致减少工作的成效，断送无限的收获。所以今后的艺园里，应该努力提倡集体的创作，各尽所能地去耕耘。立定一致的目标，虚心地友爱地彼此学习，彼此督促，彼此勤劳，那么必可事半而功倍。

三、坚定个人的意志，清洁个人的人格，提高个人的艺术水准，要做到如此的功夫，以为我们美术界同人的基础。

简括起来说，领导时代，发展团结力，充实自己，是美术界今后的前途，也就是我的三位一体主义。

良素来不喜欢言谈，也不善于言谈，上面这点小意见，未知有一得的地方没有？

中国艺术家的出路

李朴园

李朴园

按：李朴园（1901—1956），又名李文堂，河北曲周人。擅艺术史论、戏剧、绘画等。著译有《艺术论集》《中国艺术史概论》《阿波罗艺术史》《近代中国艺术发展史·工艺美术》《戏剧技法讲话》《朴园史剧》《闲话》《孤岛春光》等，整理有《南山种麦》、《王家庄》（绍剧）、《寿堂》（绍剧）等。1927年随林风眠南下杭州参与创建国立艺术院，1928年起任国立艺术院、国立杭州艺术专科学校教师、图书馆馆长等职，同时主持《亚波罗》《国立艺术院周刊》《亚丹娜》等校刊的编辑工作。1937年抗战随学校内迁，1938年任学校戏剧研究班主任，1940年被解聘，1946年曾重回杭州国立艺专工作。

《中国艺术家的出路》，原刊1935年《亚波罗》第14期。李朴园先生指出："能够在艺术上切实努力，跟着中国艺术的出路走的中国艺术家的出路是最光明的出路。"

中国艺术家的出路是什么呢？

中国艺术家的出路就是中国艺术家要怎样才可以生活。

要是止于中国艺术家如何才可以生活的话，我还何必问你呢？

中国艺术家现在不是活得很好的吗？问题是在，中国艺术家如何才可以得到值得生活的生活！

艺术家如何才可以得到值得生活的生活呢？那只有在艺术上拼命用功拼命努力，只要在艺术上能有一天比一天更好的成就，只要他们的作品一天比一天值得宝贵，他们的生活就是值得生活的生活——因为艺术家，不论中国的或是外国的，是以艺术为生活的，不是靠招摇撞骗沽名钓誉为生活的。

单是用功同努力就行了吗？那成就是什么？什么艺术值得宝贵？

自然，艺术要有所表现：那成就就是好的形式同好的内容的艺术成就，也唯有有好的形式同好的内容的艺术才是值得宝贵的艺术。

怎样才算是“好的”内容呢？

照托尔斯泰的说法，就是能把艺术家自己的感情充分地表现到艺术上，并能以好的形式为媒介充分地使他们的赏鉴者从那艺术上得到同艺术家同样的感动：这样的内容便是“好的”。

朋友，错了吧？

何以呢？

第一，照冯特的说法，感情不过是感觉之强者，其本质只有精神上的快与不快，紧张与弛缓及兴奋与沉静那样对比的状态，别无任何认识与判断；一经加以坚持同凝固，一经加以认识同判断，就变成了伴着那对比状态的认识之一种——认识是知识的一状态，那就成了理智的、思想上的东西了！例如罗丹的《思想家》，在那萎缩的体态同近乎忧郁的面相上，首先给了我们一种精神为之沉静的感情：你可以说，那雕刻是表现沉静的感情的艺术吗？不，那是表现思想家在为人类思索出路的状态的。

单是状态吗？

当然，他是把那思想家的内心一块儿表现了的。

你瞧！就照你那么说，罗丹当时又想表现那思想家的“状态”，又想表现那思想家的“内心”，那岂是单单的一种一时的感情沉静所能办得了的？且，“为人类思索出路”这是一个思想啊！

那么，艺术同时也是表现思想的。

第二，你所举的托尔斯泰的例，那只是艺术家用什么方法可以把感情同思想“传达”给人的事，是从艺术家的思想感情走到赏鉴者的思想同感情的“过程”的事，是“技法”的责任，你怎么可说那就算是艺术的内容呢？所谓内容者，是那艺术作品包含着怎样的“意思”呢？那艺术家为什么作那艺术品呢？从那艺术作品，别人会在思想同感情上引起什么反应呢？从那艺术作品上，别人会得到什么东西呢？那样的东西！……现在，你大约知道内容是什么，艺术是表现什么的了——如此，我们还来继续我们的问答：“什么是‘好的内容’呢？”

那是那艺术家以为好的内容。

那“艺术家以为好的”内容？

艺术家是自由人，是个性很强的人，他们的爱恶是人家谁都不能干涉的；同时，他们是创造艺术作品的人，要是他们自己不爱那个调调儿，谁能强迫他们，教他们非表现那调调儿不可呢？

我且问你：“艺术家也是有理性的人物吗？”

他们是有理性的，但他们宁愿使用他们的感情，然后用理性来完成他们的感情的工作。所以，他们往往像没有理性一样的。

不管他们是先使用感情后使用理性，或者是先使用理性后使用感情，你承认艺术家也有理性是一样的；那么，我再问你：“理性除出本能的反射以外，是否是经过思考而得的结论；若然，则思考的依据又是从哪儿来的？难道也是出自艺术家的个性中的？”

艺术家的个性只是对自己的感情同思想的固执，那是生不出用以思考的根据来的；你说的那依据，依我想，那总该是经验那东西。

经验是从哪儿来的呢？

说是经验，当然是后天的，是从生活中得来的。

生活在哪儿呢？

那还用说？是在人类的社会群那儿。

那么，假如有那么一个艺术家，他的经验都教他判断某种思想或感情是可取的，他结果是采取不采取那思想同感情呢？

他采取！因为，既然那些经验深深地浸透了他，既然那些经验成了他判断同理解的根据，他就不能背叛他的经验。

然则，推动那艺术家的不是他的个性，而是从人类社会所得来的经验；他的个性显然是不能自由的！同样，所谓“好的”或是坏的内容；艺术家是不能凭着他的个性去判断的，判断的是人类社会！

照你那样说，如果是在同一社会群之下的艺术家，既然经验是一样的，也就是，既然作为判断的根据是一样的，岂不要所有的艺术作品都会完全相同吗？

不会的！第一，每个艺术家所接触的事物不会完全相同；第二，别说天下没有两个完全相同的事物，别说天下不能有在同一空间同一时间同样触及同一事物的同一面的奇迹，就是有，个人的遗传同个人的气质也有不同的——这遗传同气质的作用，我们就是不承认有多么大人，却已够变化了艺术家某种程度的感受力了！感受力一有变化，你教他们的艺术创作如何可以完全相同呢？

那气质同遗传，岂不是个性上的先天的部分吗？

这是你先把个性那东西理解错了。然而，气质同遗传，不过是造成个性的诸种原素之中的一小部分，造成个性的诸原素之大部分却是后天的经验。即，古人所谓“居移气，养移体”的那道理。

气质同遗传尽管是造成个性的小部分，总也不会没有一些儿的作用，那作用将在哪儿表现出来呢？

形式！在什么书上，我曾看到一位有智慧的艺术史家，把同一体裁同一内容的许多艺术作品——例如一个描写在监狱里运动着的囚犯的画面罢，许多张都是同样的人物，同样的光线，同样的建筑物；但是，几个画家却描出了各种不同强弱的使人想要救他们出来的那思想同感情的反射的效果，我以为，这就是很好的解释。

你的言论，我是大体明白了；但，依你说，你将怎样解答

“什么是好的内容”那问题呢?

我的答复是：个人不能脱离社会而独立，而社会之为有机体实与个人之为有机体相同——个人有思想感情的作用，社会亦有思想感情诸作用；然个人与社会之间，虽英雄豪杰之出现似乎是可以个人左右社会者，而此种英雄豪杰实为其时的社会意识之代表人物，其根蒂仍为社会意识本身之转向，故，社会乃推动个人之有力的主人，个人则很少推动社会意识之能力也。依据心理学同美学上的推论，凡某一物象能同我们的企图相合者我们才能欢迎它扩大它维持它以它为美，反之则拒绝它消灭它压制它而以它为丑；社会心理谅亦同这相同。根据这两个理由，我可以回答你：凡是能够捕捉能够适合社会企图的那思想同感情以为其艺术之内容者，是“好的艺术内容”，反之，凡不能捕捉那样的内容的，都是坏的内容。这，我是完全根据社会说的，如果根据个人说，也有可以贯通的可能：原来人是以生存为一切活动的目标的，而生存这一概念之完全，在人类的本性中有两方面，一方面是纯为个体的生存，一方面是兼为种族的生存；个体同种的观念既同时占据着我们的心，所以，往往有一想到个人（不出于想的形态，而出于下意识的形态的也很多）之是否以某种内容为恰意便联想（或下意识地）种族的是否以某种内容为恰意的事是常有的，在这场合有一方面不以为恰意便不能得到意识的圆满，因此便不以采取某种内容为得计，其不得计之内容即非“好的内容”，是很明白的事；因为这原因，故个人的同社会的也是相通的。同时，我还要告诉你：在哲学的理论方面，对于一个问题，不同的哲学家所要达到的目的往往是相同的，只因为，他们各人有各人的言论方式，即，各人有各人的发表方式，所以，往往看起来是绝对不相容的学说。艺术也是一样——即使大家所要达到的目的，就是，各人所要表现的内容，完全相同，而，在表现那内容能够达到怎样的程度那事实上，在表现那内容能够明白到什么程度那事实上，用怎样的手法表现那内容的事实上，以及采取什么物象以表现那内容的事实上，因为有我们前面所说的那种种气质上、遗传上，用以观察物象的空间上同时间上以及方向上之种种不同，故亦有种种之差别。这差别不特可以把艺术分裂为各部门，即在同一部门中也会有种种差别的面目。

然则，这是对照一切的艺术家说的，而我们的题目是中国艺术家的题目，中国现下的社会意向是怎样的呢？我们必得解决了这设问，然后才可以算解答了我们的问题吧？

你这个设问虽然很对，但我不想在这个设问上发挥我的意见，因为，我还没有殉教者那样的勇气！而依据我们前面的推论，我们只可以说：中国的艺术家们，必须把他们的心眼同肉眼，深深地放在正在急剧推进着的、中国社会之意向的核心去，用更热烈更固执的把握力去抓住它，用适合于它的手法去表现它；那样，中国的艺术家们，就可以发现，自己乃是这进化的洪流之中的核心之一，自己的生活是有着很重大的意义的；参加了中国社会进化之意向的中国艺术家们，必然也为中国社会意识所欢迎，因此，这样的中国艺术家和生活，才是发着亮光的生活。你不是问我，如何是中国艺术家值得生活的生活了吗？这就是，这就是中国艺术家值得生活的生活！

话又说回来啦。在上面，我们也谈了那么大一套，你所回答我的话我都承认是对的。你是说，只要中国的艺术家们肯于更确切地在艺术上努力，便是值得生活的生活之源泉。对！但，在这个年头儿，你既不肯回答我“中国现下的社会意向是怎样的”那设问，难道人家就肯容许我们的艺术家们表现那意向吗？

我回答你：第一，语言，尤其是像我们这样谈话式的语言，那些热心暂时的荣利的人们，就是有暂时的荣利蒙着他们的眼，到底还是容易懂得的；艺术，在真真亲切地触着表现社会的大众，艺术上所有的美的材料都是可以帮助他们走向内容之路的，而在那些为暂时的荣利蒙了眼的人们，艺术上所有的美的材料则又是对他们的一层蒙蔽：他们不但不容易发现那内容，而且很易为那些材料引到他们自己的类化境界里去，艺术家怕什么呢？你不要笑，我们中国的大人先生们，他们的艺术赏鉴的程度，真比我的文字还要幼稚得多！第二，真正的艺术家应当以内心的生活之丰富为生活之鹄的，物质生活的好坏是相当地不注意的，不看各国艺术史上真正为后世竭力赞颂的大艺术家们，除却很少的几个例外，不都是穷得要命的吗？虽然穷得要命，要是他们觉得他们的艺术生活是不值得生活的生活，他们为什么不改了行去追逐眼前的富贵呢？他们不是照样很起劲地生活下去，所以才得到后世无穷的赞颂了吗？中国目前的艺术家们，虽然照我们的希望那样干法是不会邀得荣利场上的人物的青眼，因此也会得不到好的物质生活，但，假设是真的艺术家，他们是应该不在乎的！

你虽不大看重实际的物质生活，依我想，那也是一种偏颇：你想想，艺术家之能够产生艺术作品，全靠有他们的生命，自己的生命不存在，还能产生为社会的生命之存在而说话的艺术作品吗？所以，我以为：中国的艺术家的出路问题，不能单单地在艺术本身之努力上解决，要是有了好的内容而没有表现那内容的时间呢？要是有了真正好的艺术家的良心与本领而物质的压迫教他们不能活命呢？

我看出来，你的命题是要逼到那动物性的生活上去了！

什么叫动物性的生活呢？

除掉了为理想的，即为人类社会的，亦即除掉为种族的精神生活而外，那单单为一已之肉身之保存的生活，就是纯动物性的生活。

就算是那样，你要说那生活是不甚重要的吗？

对能把握社会进化核心的艺术家是能帮助社会进化的这观点，这种生活也是重要的，对专以一已的个体享乐的艺术家是无补于社会进化之实际的这观点，这种生活是无关重要的。

假定说，中国的艺术家们是有如你所说的那前者的可能的话，你将说，在纯是一已的生命保存或发展方面，要怎样才是出路呢？

你是说，为能实现像我们上面所说的那样值得生活的生活而保全或发现艺术家自己的生命吗？

假定说是的呢？

那么，我就要请教你：眼前中国艺术家的生活是些什么方式呢？

那还用说吗？有假造骨董凭以骗人吃饭的方式；有东涂西抹，不在艺术上努力而单在沽名钓誉借以增高社会地位上用心，也居然骗得动人的方式；有迎合社会心理，表面上以艺术作品，骨子里以朋友人情换饭吃的方式；有迎合统治者的心理，专以寿文似的歌功颂德的潦草作品，博取贤者唾余的方式；有办艺术教育，用以得到职业，从此不管自己的艺术是否还有进益的方式；有办艺术教育，用以得到教学相长的机会的方式；有纯以艺术品之传统的美眩人，用以换取生活费用的方式；有以学艺术为异军突起之抢饭工具的方式。

我请你仔细想一想，你所举的那第一类的人，也是艺术家吗？

社会上都冠他叫艺术家，依我想，那当然不能算艺术家：因为，艺术家最低限度是要自己能“创作”艺术作品才行的，而那样的人，却把主要的力量用在假造古人的作品上！我想，他们仅仅是商人的一种，那是同艺术家离得很远的。

第二类呢？

你这样问起来，我也觉得我所举的那些人，真有些可笑了！社会上为什么也冠这类人叫艺术家呢？不但冠他们叫艺术家，而叫起来好像是叫着多么了不得的艺术家似的，那更可笑了！你瞧，在性质上，前一类人造骨董骗饭吃，这类人简直连骨董也不造，却也要用全不是东西的东西代替骨董，而且，所骗的不单是一碗白饭，却是无上的名誉与地位——照所盗的赃物越多罪越大的说法，前种人要是不算艺术家的话，这种人应该是艺术家的罪人！

第三类呢？

这类人，我是要冠他们叫艺术家的，至多，不过是可怜的艺术家而已！或是因为他们的艺术作品什么人的兴趣也吸引不到罢，所以，他们因为自己的艺术作品换不到生活费，才不得不请朋友托亲戚地想法子销一点货色出去。这，不过是怨他们懒得搜求艺术内容，懒得攻求艺术技法之过，所以不能帮出好的作品：到底他们还是在艺术上努力着的人物，且并没有对社会要求更大的代价呀！

第四类又怎么样呢？

这类人，我以为是较第三类更进一步的艺术家。你别看轻他们那种专事逢迎的伎俩，那同你所说的那些捉握社会意向的艺术家们在本质上有什么区别呢？所差不只是一个要观察得深些一个浅些而已！或者说，他们是弄错一个方向而已！我们说艺术家要从现实生活中找材料，他们不错；我们说艺术家要不管什么派别不派别只应用自己的方法干下去，他们也不错：那还有什么呢？

第五类呢？

第五类也是艺术家的事情，不过在其帮助社会进化的责任之扩展上不如第六类的艺术家而已！就是不从这方面讲，艺术家到底是要以艺术的工作为目的的，如果因为暂时可以把精神之一部用在诱掖后进上了，就对自己的艺术造诣不再要求进步，那只是妄自菲薄的艺术家，在这一点上他们是应得责备的。第六类的艺术家也只有在这一点上是值得尊敬的。

第七类同第八类呢？

我想，第七类人是同第四类人是可以同样评价说明的！第四类的艺术家是不能深入地观察社会的意向，第七类的艺术家则是不能深入地搜求新的技巧，然而，在纯是以艺术家的态度从事艺术制作这一点上，同是够得上称为艺术家这荣名的。至于第八类，动机如此，谅来不会用心观察社会的意向而把握之，故，在本质上不是艺术家……现在，我预备聆取你的高论了。

你既然不承认第一二两类的人算是艺术家，则，我们就照你的评判，冠前者是商人，后者是流氓罢！因此，我们在明白目前中国的艺术家之生活方式以后，谈到中国艺术家的生活的出路的时候，就从第三类艺术家说起好了。我以为，社会之进化的意向有两方面可见：一方面是浮在社会生活之表面的形态，那是在一时的社会生活中之经济的同政治的支配者那儿出现的；一方面是潜在社会生活之里面的，那是在那支配者之下正在萌动着的势力那儿出现的：所以，我同意你以第四类艺术家的观察为浅的那意见，因为那正是只观察并把握了那里面的形态的缘故——我们知道，中国的社会是正在急剧地变化着的，因此，第四类艺术家的艺术生活是限于一个阶段，而不能透过第二个阶段以外的。第三类的艺术家同第五类艺术家的处境害了他们了！何以呢？要是一个根本不想求进步（学术上的）的人处在迫得他不得不求进步的处境，也许他也要努力求一点进步；要是他们处在一个不求进步也勉强可以过活的处境，他们就一辈子不会有一点进步了——第三类同第五类的艺术家正是后者的处境啊！第六类同第七类的艺术家，我只有一点希望他们："朋友，在你们现状可以维持，而又未忘在艺术上努力的处境里，求进步的向社会核心的意识那儿迈进罢，能利用技巧之遗产的用那遗产表现社会核心意识的内容罢！这样，你们的艺术生活不特可以通过社会进化的一个现阶段，也许第二第三个阶段正在欢迎着你们呢？"对于第八类的艺术学习者，我唯一的希望他们走上第六第七两类的前辈的路线，别的一时说不上啊。

我的结论是：中国艺术家的出路，最值得取法的，是能够在艺术上切实努力，跟着中国艺术的出路走的中国艺术家的出路是最光明的出路——在理论上讲，艺术家是为艺术而生活的；只要艺术能在中国发出异样的光芒而自己又是参加这样的艺术活动的一份子，为什么这生活还不是值得生活的生活呢；就客观上讲，一个受到社会上长久的欢迎的艺术家，社会付给的那对于欢迎的艺术家的报酬，决不是不值得接受的报酬。

我希望我们中国目前同将来的艺术家们，既不要存一种行险侥幸的心理，以为社会是盲目的，社会是永远可能被骗的，因而招摇撞骗地乱来下去；也不要以眼前仅以维持活命的处境自满，以今日有酒今日醉的心理，敷衍社会同时敷衍自己，妄自菲薄地，既经由艺术之门得到了生活就抛下艺术不管；更不要企图以艺术为抢饭碗的叩门砖，须知艺术也是很不容易的一种学术！要多为些艺术，少为些生活，那才是中国艺术家的正当出路。

西湖艺术化

刘既漂

刘既漂

按：刘既漂（1900—1992年），原名元俊，学名纪标，留学法国时更名既漂，广东省兴宁县叶塘镇留桥村人，1920年留学法国，1922年入巴黎国立高等美术专门学校、巴黎大学建筑系学习图案与建筑。1924年与林风眠等在法国组织“霍普斯会”，擅美术建筑、图案、书籍装帧等。1928年参与创建国立艺术院图案系并任首任系主任，是1929年首届西湖博览会的总设计师之一。

《西湖艺术化》，原刊1929年《旅行杂志》第3卷第4期，是刘既漂先生针对西湖周边的建筑环境遭到破坏而作。

谈到西湖，不能不联想到她的历史。她的历史读过书的人，大概都很知道，无须乎重来赘述。但是做过西子知己者，总染有淡绿色的湖光在脑中，并且一个一个的感想，很有不约而同之处，大约出于赞美和感叹两种心理。

我们既然赞美，又何必感叹呢？这一点，也许值得研究。因为我们的情感有时被理性支配。有时感情满足的时候，或许理性先生觉得不然，因之我们的内心同时发泄出赞美和感叹的冲突。

现在我们不必去谈经典，随便把这十年来的西湖一看。单在建设方面而言。在表面上似乎很有进步，但是破坏方面观察，不能不喟然叹惜。西湖十景中的雷峰塔，因无法律保障，致使倒闭，确是一件裂心痛脑的悲史，但是它的朋友保俶姑娘，假如我们虽然不去理她，恐怕朝不保夕的状态，一天甚过一天，继踵而倒的悲剧，也许难免。

把这两个古代艺术遗迹的损失，去比较那些没有艺术价值的洋房，和那些终年吐雾的大烟囱，我们应该替西子流泪。十年前，虽然没有马路之便利，却是没有那几种乌烟瘴气的大工厂，十年前，虽然没有汽车通行，却是湖水澄清，摇船痛快。我们并非为马路叹气，也非为工厂建设而骂人，委实中国天宽地阔，那些乱七八糟的东西，何必一定要加在西子的脸上。明明一件可以挽救的事实，我们到放弃责任，这不是应该惭愧的吗？

今后的西湖，我们应该仔细研究，俗一点说，和她算回命。西湖天然之美，在世界上虽有相当位置，大名鼎鼎的瑞士列蛮湖（Lac Lemen），它的色彩固然翠而带紫，一尘不染，但是没有我们的西湖来得幽雅宜人，我们虽然不肯直说西湖美过列蛮，但我们不必过于自谦。西湖天然之美，既然这样难得，可是她的点缀品，反觉不甚相配。

谈到点缀品这个问题，又不能不把现在西湖的时髦建筑平心地批评一下。目前西湖建筑大约可分洋式、中式、中西式三种。这三种当中，尤以西式为最劣，现在我们不妨由保俶姑娘旁边那一个医院说起。最先我们把自己的直觉去观察，其结果已觉得大不相衬了。然后再用我们的感觉去观察，一瞬时，我们可以感到许多的不快的刺激和反常的印象。多么窈窕的保俶塔作风，她的丰满如青笋式的曲线，她的苍古而带娇的彩色，忽然配上一个三十六等的乡下洋房，相形之下，洋房本身，固无美术价值之可言，即保俶姑娘自己也许被它染浊，即洋人看见，似乎也不大舒服，以为有意替他出丑。我们自己看见，当然更加难过了。

如果我们希望挽救垂危的保俶姑娘，那么我们应该从根本上研究，而且从根本上做起，所谓根本上的意义，大约可分两种：一拆毁医院，二巩固塔基。这两种问题，在目前事实上讨论，很有实现的可能。因为那个医院，本为英商某某挂着慈善招牌去发财而设的。自革命以来，归为中国政府所有，要如何处置，都可由我们自主。既然得到这么好的良机，我们今后再不振作，可归咎自己没有长进。巩固塔基的问题，经我们详细调查以后，以为非火速着手办理不可。经济方面，政府不能不担负责任，并且这种消费的代价，较之将倒塌重修的代价，必相差甚远。

现在西湖的民房建筑，在物质方面，十年来确是很有进步，可是在美的方面谈，也很有进三步退五步的态度。不但体积和曲线方面，确是没有一点成绩，即彩色方面也觉得愈走愈穷，毫无情感表现。举目望去，不过黑灰白三色，在感觉上，黑色表现悲哀，白色表现冷酷，至若灰色呢，恐怕它在情感当中最能表现失望的了。现在把这三种综合而为西湖建筑主要彩色，其结果当然可想而知。虽然西湖，天然彩色丰富，有时还可掩拙，但拙劣的东西太多，恐怕掩不胜掩。这种颓唐的现象，中国艺术界不能不负责挽救的。

完全中国式的建筑，似乎渐渐地灭迹，也许一般守旧市民感觉到老式有点不大舒服，因此向新的方面要求，这种现象，我们应该乐观的，同时也许悲观的，因为他们没有一种相当的目标，辨不出美丑，因此闹出许多乱子。这是理所当然的，过去的坏处，虽然在事实上不能完全挽救，但却很值得研究，以免将来仍蹈故辙。

我们既然有这天然之美的西湖，兼之祖宗遗下许多历代古迹，不论在文化上或历史上着想，我们都应该继续创作，把西湖的人工建设未到之处，设法建筑起来。但是徒然纸上空谈，究非一个办法，现在我们最所希望的还是一个具体的研究，干脆在事实上着手，比较有效。

现在的西湖忽然得到一种天外来的救星，而且确是一件我们将来心灵上的安慰。这便是艺术家林风眠等在西湖创办一个国立艺术院。希望西湖得林氏等之发挥后，成为中国文艺复兴之起点。有如意大利之翡冷翠。林氏等对于西湖之艺术前途，不言预知其伟大而无穷，即对于东方艺术前途，也许因之而别出生面，这种现象，在将来中国文化史上固然有绝大的光荣，即在世界文化上，亦借之可以得到相当地位。言至此，我们又不能不希望林氏等终身为中国艺术前途创作而努力，在绘画、雕刻、图案上固不在人下，要极力研究，即举目所见的建筑，日常所听的音乐，也应该同时并重才行。我们希望五年后的西湖完全达到艺术化的地步。

音乐是……

李树化

李树化

按：李树化（1901—1991），原名李权福、李树华，生于泰国北柳，祖籍广东省梅县程江镇大塘村，1919年赴法国勤工俭学，学习音乐，改名李树化。擅音乐。主要钢琴音乐作品有：《如此温柔》（1930）、《劳动舞曲》（1932）、《钱塘江幻想曲》（1934）、《湖上春梦》、《紧张之夜》等。著有《近代中国艺术发展史·音乐》《钢琴基本弹奏法》《树化歌曲集》等。青少年时期在梅县读书，与林风眠同学，至此二人建立起一生的深厚友情。1926年应林风眠之邀回国，任（北京）国立艺术专门学校音乐系教授。1928年起随林风眠到杭州出任国立艺术院、国立杭州艺术专科学校教授兼音乐研究会主任。1937年抗战随学校内迁。1938年7月被解聘。1946年曾重回杭州国立艺专工作。

《音乐是……》，原刊1928年10月1日《亚波罗》第1期。李树化先生从语言、艺术、科学三个角度谈了自己对音乐的认识。

（一）音乐是一种语言

照此定义的事实而论，恐怕还不及最初土语那么正确。根本上，音乐具有一种表情的力量，一种感人的势力。此点，无一讲说的语言，能够达到这么完美的。

音乐与一切语言相似，有各种方言土语。她有她的固定的书法、文字源流、语音学，及变形的书法等等。人们一样能自然地讲说及正确地书写。

鲁彬斯坦（俄国音乐家）说："音乐语言之学习，与学习其他语言一样，凡人从小时学起，能够成功，但如年纪高大的，差不多不能达到了。"

音乐，与语言一样，可以由两种方法去学习：实习与理论。她具有她特奇的文学，一种无限的富源与变化；音乐创作家，与文学家，名异实同。唱词与乐具专家，是演剧家文艺家的代身，一则用文字，一则用声音。但他们的目的是相同的——表现情感，至少亦宣示内心的怀抱。葛丁夫人（法国女文学家）说："音乐如一种世界公用的语言，她温柔地诉说生命上的一切情感。"总之，音乐时时与语言相似，她从一种徐缓的及逻辑的途程，随着世界文明，并适应各时代各地方的需要，而不停地演进的。

（二）音乐是一种艺术

一切艺术之最精巧、最高尚，及最难摸捉者，莫过于音乐。建筑师较量大石块，雕刻师工作于古铜及大理石上，画家不停地涂抹种种色彩，在布、木、石或纸上，唯独音乐家，似乎徒费时间工作于虚幻之中。音量差不多发现了即消散，所存留的只有记忆而已。这就是他所得的，这就是他用以愉悦听观，安慰精神，或有时感动灵魂的事物。根据旧定义，这并不是毫无效用的。

此种艺术与诗一样，音乐创作家运用声音，等于诗人运用诗韵，他们都一样地严守节奏及谐音的法则，利用人们之听觉，将精神中、内心、灵魂的情感之表现，深注入去。——她亦与画相近，她的特别色彩，即是管弦乐，她的构图、线条，即是旋律，组织上理智的重心的关要。此两种艺术，彼此都一样以谐和为基础。——她或者与建筑更相似，不论怎样巨大或微细的工程，都必须慎重结构。音乐上，不论一个简单的无词曲，或一个颂圣歌，一个短小的跳舞曲，或五幕的歌剧，一样地须留意创作内各部分的连带关系。据史泰以尔夫人（法国女文学家）之言："音乐是音的建筑"，是绝对正确的。一个白陀文（贝多芬），曼得尔逊，或圣相士的交响乐，确是一个音的建筑品，与雅典的巴登农，威尼斯的圣玛克，及惠明斯特的修道院诸古迹，同是谐和的、伟大的、永寿的杰作。

（三）音乐是一种科学

法国音乐家顾诺说："无科学即无艺术，大音乐家所以成名的，以此为证据。"这亦是最高深的数学、物理学。由最后的分析，一切要素，一切方法，协助而完成一个音乐作品的，可以在数及数的配合中，得到其所以然的理由。科学是万有的，丰富的，只有她能辅助艺术，增加艺术的创造力。

节奏，不论他缩小至最简单的表情，或伸展到极端复杂的情状，总离不了是一种整数的相等，或不相等的分法，而且时时成比例的。——音量，或音之高度，只看在一定的时间内，发音体生出的震动极端的数。——广阔，音的比较大的力量，是关系于同样的震动的广张，及冲动四周空气的力。——音韵，是由乐具的种类上面发生的音，及质，或伴奏她的谐和音而生的。——和声学及对位学最宏博的配合，是以不同音间存有的系数关系为基础，从那里要产生协和，不协和，或不调和的比较谐和的感觉，由耳观去感觉，并欣赏，容纳或舍弃的。

结言之，音乐同时是语言、艺术，及科学，并在此三方面中，不拘哪一个之下，依着环境，详察对象而生的。一个音乐作品，与一个庄严伟大……的建筑，线条柔美或粗糙……的雕塑，色彩热烈或悲暗……的画图，一般有价值。情感外形之表现，感人直接，自然，或有时浅显……如造型艺术；而其内心的表现，则感人比较间接，深邃，有时神秘莫能摸索，如音的艺术：音乐。

华葛奈（瓦格纳）说：“完美的艺术，能启示整个人们的艺术，时时要借三个表情方法：动作、音乐、诗。”

国立艺专校训及释义

滕　固

滕　固

按：滕固（1901—1941），原名滕成，字若渠，江苏宝山县月浦镇（即今上海市）人。早年曾留学日本，攻读文学和艺术史，获硕士学位。后赴德国柏林大学留学获美术史学博士学位。擅美术史、小说、散文、诗词、书法，喜画荷。著有《唐宋绘画史》《中国美术小史》《征途访古述记》《唯美派的文学》《圆明园欧式宫殿残迹》《先史考古学方法论》《壁画》《死人的叹息》《迷宫》《外遇》《睡莲》《平凡的死》《银杏之果》《屠苏》等。1938年，国立杭州艺术专科学校与国立北平艺术专科合并成立国立艺术专科学校，1938年7月至1940年，滕固继林风眠之后，出任国立艺术专科学校校长。

《国立艺专校训及释义》，原刊1938年《国立艺术专科学校一览》，现藏浙江省档案馆，是滕固校长上任伊始于1938年10月10日为国立艺术专科学校所作的校训及释义。

本校校训"博约弘毅"四字，取自《论语》。孔子曰："博学于文，约之以礼。"刘宝楠《论语正义》："博学于文，则多闻多见可以蓄德，而于行礼验之，礼也者履也，言人所可履行也。凡人能以所行纳于轨物，而无所违，是之谓约。"曾子曰：

“士不可以不弘毅，任重而道远。”包咸注曰：“弘大也，毅疆而能断也。士弘毅，然后能负重任，致远路。”刘氏《正义》：“士之志，任重故贵能弘，道远故贵能毅。”大哲之所教示，前贤之所引伸，义至明显，我人立身行己，贵乎博约，开物成务，期以弘毅，愿诸生身体而力行之。

博约之义亦通乎学问艺术。章学诚曰：“学贵博而能约，未有不博而能约者也。博而不杂，约而不漏，庶几学问醇固。”博为约之阶程，故约建基于博，约为博之深造，故博完成于约。《唐书·裴行俭传》：“士之致远，先器识，后文艺。”昔人往往以器识为本，文艺为末，是殆不然，器识资见闻，故欲其博，文艺臻醇美，故欲其约，盖亦博而能约之谓也。所谓博约不外乎归纳精神，亦即近世之科学精神也。此精神达于学问则为发见，达于艺术则为创造。

本校创立于抗战发轫之秋，民族存亡，系于一发，国家休戚，匹夫有责。我人于曾子弘毅之旨，尤须深切体认，服膺勿失。夫在抗战酣激，将士沐血，同胞死难，老弱沟壑之时，我人犹得享受国家之教养，国家之厚我者至矣尽矣。我人宜急起直追，力自振奋，恪遵（孙）总理立志做大事及人生服务之明训，苦心志，劳筋骨，饿体肤，富贵不淫，贫贱不移，威武不屈，以身许国，知有国而不知有身，挽救危亡，复兴民族。苟人人能负重任，人人能致远路，则不特抗战必胜，建国必成，而世界人类亦将同蒙福利。完成一己之志业在此，所以图报国家者亦在此，诸生勉乎哉。

校长　滕 固

民国二十七年双十节

附：国立艺专校歌

（滕固作词）

皇皇者中华，
五千年伟大的文明，
亘古照耀齐日星。
制作宏伟，
河山信美，
充实光辉在我辈。
我们以热血润色河山，
不使河山遭蹂躏。
我们以热情讴歌民族，
不使民族受欺凌。
建筑坚强的城堡，
保卫我疆土人民。
雕琢庄严的造像，
烈士万古垂令名。
为创造人类的历史，
贡献我们的全生命。

國立藝術專科學校校歌
莊嚴發揚貌
中等拍率
滕固先生作歌
唐學詠先生作曲
mf
皇皇者中華 五千年偉大的文明，亘古照耀
疇日 皇 制作——宏偉河山
信美 充實光輝在我輩——我們以熱血
潤色河山 不使河山遭蹂躪，我們以熱情謳歌民族，
不使民族受欺凌，建築堅強的城——堡，保衛我疆土
人——民，雕琢莊嚴的造——像 烈士萬古垂令名！
rit.
為創造人類的歷史貢獻我們的全生命！
— 6 —

告国立艺专教职员书

滕　固

按：《告国立艺专教职员书》，系1940年7月1日滕固校长给国立艺术专科学校全校职工写的信，现藏浙江省档案馆。

本校教职员诸先生道席：

固受事两载，行役西南。讲肆再迁，暂安村舍。自审才辁力薄，未敢言劳。辱承诸君子匡助，差无陨越，私衷感纫，匪可言宣。每念遘兹屯蹇，校势缀旒；物力艰难，设备缺乏，筚路蓝缕，不啻流离，苟非大有为之人，难期措置学校于磐石之固。是以吁恳教育部免去职务，另简贤能。呈辞再三，迄未俯准。今者，敌寇窥觎南服，徼外未夷。在教育部未准去职以前，大义所昭，何忍褰裳遽去！惟当更凛风雨同舟之谊，益策驽骀十驾之愚。第校事杌陧，非伊一朝，贞观未显，化迹犹滞，固谬膺斯任，履薄临深。内外责难，交于一已。清宵自省，悚惕兼怀。纵是非或淆于今听，必功过自定于他年；恩怨初无所容心，毁誉亦置之度外。值兹学年更始，惟愿与诸君子同心戮力，扶植艺教，生就教训，为国育才。谨将鄙见数端，胪举于后：

一、提高学术水准，树立笃实之学风。严格教学，增进学生课业。

二、确立中心思想，培养学生健全人格。务使一一为国家有用之人材。

三、以本校艺学之造诣，倡导社会，期于恢宏艺教，建设国家新时代之艺术。

四、以自律互助之精神，改善学生生活，创造新环境。

五、遵照教育部指示，集中事业，樽节经费，缩小各项范围。

六、健全事业机构，增加实务效率。

凡此数端，皆系最低限度之措施，亦固与诸君子夙昔所同之抱负也。简而易行，期于必济。创开新局，树定根基；运会转移，在斯一举矣。兹欲与诸君子共勉者，见仁智于学间，无伤大体，纵聪明于偏至，有损圣功。深望诸君子上体国家艺术教育之重寄，内抒公忠豁达之雅怀，共荷钜艰，襄成厥业。不独固与学生之幸，亦国家教育之幸也！谨布区区，诸维亮察，专此敬颂教安。

滕固谨启
7月1日

偕书鸿茂华雨中过虎溪、龙泉赴太常村即赠别茂华

滕　固

按：此诗原刊1939年2月18日《中央日报·平明》。书鸿，即油画家常书鸿（1904—1994），时任教于国立艺专。虎溪、龙泉、太常村均在重庆。

细雨斜风赴太常，烟波无尽一横航。
龙泉虎岭低昂见，断碣残碑剔刓忙。
千载声名前后马，万家香火伏波王。
与君话别螺旋浦，青史青山两不忘。

决澜社宣言

倪贻德

倪贻德

按：倪贻德（1901—1970），笔名尼特，浙江杭州人。早年参加“创造社”。1927年留学日本东京川端绘画学校习画。1928年回国，在广州、武昌、上海等地从事美术教育。擅西画、美术理论、艺术教育、文学创作。著有《画人行脚》《艺苑交游记》《艺术漫谈》《西洋美术史纲要》《西洋画研究》《西画论丛》《现代绘画概观》《水彩画研究》《玄武湖之秋》《东海之滨》《百合集》《残夜》等。1944年起历任国立艺术专科学校、中央美术学院华东分院、浙江美术学院教授。1949年6月被任命为军事代表接管国立艺专，7月被任命为第一副校长。1950年11月被任命为中央美术学院华东分院副院长。

《决澜社宣言》，原刊1932年10月《艺术旬刊》第1卷第5期。系倪贻德先生1931年秋与庞薰琹等人发起组织“决澜社”而作的宣言。

环绕我们的空气太沉寂了，平凡与庸俗包围了我们的四周，无数低能者的蠢动，无数浅薄者的叫嚣。

我们往古创造的天才到哪里去了？我们往古光荣的历史到哪里去了？我们现在整个的艺术界只是衰颓和病弱。

我们再不能安于这样妥协的环境中。

我们再也不能任其奄奄一息以待毙。

让我们起来吧！用狂飙一般的激情、铁一般的理智，来创造我们色、线、形交错的世界吧！我们承认绘画绝不是自然的模仿，也不是死板的、形骸的反复，我们要用生命来赤裸裸地表现我们泼辣的精神。

我们以为绘画绝不是宗教的奴隶，也不是文学的说明，我们要自由地、综合地构成纯造型的世界。

我们厌恶一切旧的形式，旧的色彩，厌恶一切平凡的、低级的技巧，我们要用新的技法来表现新时代的精神。

20世纪以来，欧洲的艺坛实现新兴的气象：野兽群的叫喊，立体派的变形，Dadaism的猛烈，超现实主义的憧憬……

20世纪的中国艺坛，也应当现出一种新兴的气象了。

让我们起来吧！用了狂飙一般的激情、铁一般的理智，来创造我们色、线、形交错的世界吧！

中国艺术之将来

林文铮

林文铮

按：林文铮（1902—1989），出生于印尼雅加达，祖籍广东惠州博罗县公庄镇。1919年12月与梅州中学同学林风眠一同赴法勤工俭学，入巴黎大学主修法国文学，选修西洋美术史。1927年10月回国，主要从事艺术史论研究及教育工作。著译有《何谓艺术》、《易水寒》、《西施》、《恶之华》（波德莱尔著）、《唐人小说选》、《中国小说史略》（鲁迅著）、《二十年后》、《大仲马》等。1928年春协助林风眠在杭州西湖创建国立艺术院，任首任教务长兼西洋美术史教授。1929年10月，国立艺术院改名国立杭州艺术专科学校，继续任教务长兼西洋美术史教授，因抗日战争爆发。1937年11月随同林风眠等国立杭州艺术专科学校师生西迁。1938年1月国立杭州艺专在湖南沅陵与国立北平艺术专科学校（今中央美术学院前身）合并为国立艺术专科学校，继续任教，是年7月被解聘。

《中国艺术之将来》，写于1931年3月2日，原刊国立杭州艺术专科学校半月刊《亚丹娜》1931年创刊号。

假如艺术是社会精神生活之表现，那么谈论艺术之形式势必要注意到民族性的问题；假如艺术是个人情感之形式化，那么谈论艺术之内容又势必要注意时代思想之问题，二者应当相提并论。我们一看见埃及的雕刻就可以感觉到伟大和永久的观念，所谓伟大即是民族性，所谓永久观念即是宗教心理，即是思想，即是内容。我们又可以反问一句：什么是民族性，什么是时代思潮？简单地答起来，民族性即是民族受环境之影响而产生的共同的情调、共同的生活之音韵，时代思潮不外是社会生活吸力之变迁而已。质言之，民族性可比之以海洋，思想可比以海洋之潮流，艺术即是波涛之形、色、声。民族性之有大小强弱，亦如水之有海洋湖泽之别，此世界民族在文化上之表现各有优劣差别之故也。兹单就中国之艺术而申述之。

谈论中国艺术同时可以引起三种问题：一为中国过去艺术之成绩，一为现在艺术之现状，一为将来艺术之趋势。本篇所趋重者虽在中国艺术之将来而对于中国艺术之过去及现在亦应先做一个概观。

整部中国艺术史可以说是全受儒释道三大思想之支配。代表宗法思想的儒家学说占有工艺之全部及建筑雕刻之一部，代表出世精神的佛教则统辖了绘画雕塑上人物之表现，代表自由精神之老庄学说则独据有山水花鸟之领域。在世界艺坛上中国艺术之特长宜以工艺为代表，绘画次之，雕塑建筑又次之，音乐则不足论矣！其所以有此结果者不外是民族性与思想之关系而已。

有清二百余年来可以说是中国艺术之全衰时期，最长久的工艺也和乾隆的磁器寿终正寝了。其衰落之原因由于思想之颓唐（儒释道皆不振了），民族性之惰落，正如枯海之中无所谓波涛之形、色、声了。艺术之不兴于委靡之世乃是必然之理，中国艺术之衰亡于清季亦无可讳言的了。

辛亥革命虽属于政治性质而间接影响到新艺术运动之勃兴则为明显之事实。艺术运动之意义是证明民族心灵之复活，是表示社会精神生活之回春，是由口腹问题而注意到情感之希求。在中国近数十年来各种运动之中，艺术可以说是后起之秀，它的现状如何是很值得注意的。十年来艺术运动之趋势全在人才之栽培和艺术之宣传，其成绩在教育方面前后成立了三个国立艺术学校，大小十来个私立艺术学校，栽培出的毕业生不下千名。在社会宣传方面举行了一次全国美术展览会，团体与个人展览会前后不下数百次，艺术刊物、专书与定期刊物约数十种。在艺术运动之内容而论，绘画最发达，图案音乐次之，戏剧雕塑建筑又次之。中国固有艺术之中尚能插足于艺术运动之间者唯有国画一门，其余如图案、音乐、戏剧、雕塑、建筑等完全受西方艺术之支配。在成绩方面而论，因艺术运动之历史不长，诚难下一个确切的判断，我们只好对于现在艺术之状况做一个严正的观察而已。绘画方面之国画因专事临摹且未找得新的基础，结果仍是抄袭古人，可谓毫无新生命。油画是初登中国艺坛之新盟主，究竟因为时期太短，不特社会人士不明它的妙处，就是画家亦罕有彻底了解其表现力且能神而明之者。在绘画上，国画是颓唐，油画是幼稚。其他艺术如图案、音乐、戏剧、雕塑、建筑等皆在萌芽时期，尚无成绩可言。比较起来中国艺术运动中最勇往出色者当首推油画无疑。这种直白的观察似乎很可令人失望，但是现在中国学术界哪一样可以令人称心满意呢？我觉得学术界之病不全在幼稚而在浮薄堕落。艺术方面之幼稚是过渡时代之现象，不能作为定论，且因其维新之倾向及可给人以无穷之希望。我们追溯了过去艺术之成绩，观察了现在艺术之现状，势必要推测那不可思索的中国艺术之将来。

在未讨论到这个奥秘之前，首先要研究的是今后世界之趋势。我们无论以经济方面、政治方面、物质方面或精神方面着眼，都可以看得出全世界皆趋于伟大的集团精神。所谓种界、所谓国界、所谓阶级种种问题势必受这种伟大的集团精神所解决了，那时既无所谓种界国界阶级之区别，庞大的中华必变为世界的一大省，那时所谓中华艺术者也不特供华人所独享，世界各民族皆可共享之。我们相信将来中华势必列入世界大同之境，即令世界上任何民族亦跳不出这种伟大的趋势范围之外。但是我们却不能因此而乐观了，我们要知道造成现代之思潮者并非我们瘦弱的黄脸汉，自19世纪以来东方各民族好像羊群跟着西方狼群跑呵！今后世界之生活条件日益紧张，凡是愚昧堕落的弱小民族究竟能否插足于堂皇的大同世界，还是中华民族之盛衰问题。我们觉得今后中华民族之存在全系在两种条件之上：一为精神复活，一为肉体复活。前者属于思想、情感、意志之复兴，后者属于民族体质健康之长进。

现在的中华民族对于这两种条件有所努力吗？在大形势而论可认为有这两种努力，全体中虽有许多堕落者和受毒者，但是这些落伍者势必将受时代之洗荡而消灭的，因为今后只有强者智者合群者可以生存，其余皆要受淘汰了。我们若是承认今后中华民族尚有灵肉复活之可能性，我们就可以探讨中国艺术之将来。

无论任何民族、任何时代之艺术，其成形和发达的条件必以社会现象为背景，时代思潮为引力。在艺术家方面而论，社会现象及自然为其想象之基础，时代思潮为其情绪之原动力。将来中国艺术之趋势亦当遵照这种不易的原则。至于将来世界之思潮如何，我们虽不能预料其内容，但其外式及趋势是如上述：用集团的精神做不绝的解放运动！那时中国艺术当然亦在解放运动之中创造新的形式、新的表现。兹为简便起见，试就艺术之种类分论如次：

绘画之将来：在造型艺术之中，绘画是最完善最自由的表现方法，欧洲之文艺复兴绘画为其代表，即近数百年来亦仍为艺坛之盟主，中国因长久的历史关系，爱好图画已成习惯，将来绘画之发达当可在意料中，现在所要讨论者一为国画，一为油画。

国画在工具上而论是一种水彩，在表现上而论是趋重于线条，在思想而论亦代表了中国千余年来的释道精神，在内容上而论亦包括颇多不朽之杰作。但自明清以来国画早已失了创造力，今后国画之能否复活尚属疑问。单就目前之国画而论，作家仍袭前代之遗风专在山水花鸟上临摹，与社会生活时代思潮莫不相关，长此而往断难有新的表现。我们觉得国画之复兴全在新基础之建设，国画亦势必建设新基础以自存。所谓基础不外是精神与技术两方面。国画之新基础，精神上应吻合时代之思潮，技术上应重受自然之洗礼！国画之将来当在人物之复兴，那时的人物当然非佛非道而是世内的人物。魏晋六朝隋唐之人物画又何尝与当时社会无关啊！自宋以来人物画已绝迹于中国，所以今后国画之命运全在人物之复活，甚且势必如此了！那时山水花鸟之描写虽经自然之洗礼亦不能在画界占首席了。至于将来人物画之成绩如何，我们可引古代之人物为证，其价值当可超乎山水画之上无疑。

油画在西方画界可以说是最新的工具，意大利文艺复兴时期之温尼斯（威尼斯）派全利用此新工具而夺得佛罗朗斯（佛罗伦萨）派之霸权，数百年来油画遂为画界之盟主。油画能占优势之主要原因：在精神方面是希腊思潮之复兴，是趋于人的赞颂，现在美的赞颂，由物质内体而达精神情感之表现；在技术上油画长于色彩，长于表现对象之真实，长于描写自然之形、色、光及其内在之生机，质言之长于表现物质与精神之谐和，至其易于工作及耐久性亦为其优点之一也。油画入中国时期虽不长，亦可谓根深蒂固，其侵夺国画之地位宛如温尼斯派之替代佛罗朗斯派无异，中国绘画之将来，油画将为主力军是无疑的了。但是将来中国油画之趋势如何亦是很值得研究的问题：在目前而论，风景最盛，静物次之，人物又次之。这种现象，一方面是受了以山水为宗的传统观念影响，一方面亦多半是因为技术幼稚不能表现比较实在的静物和比较复杂的人物。至于将来的油画势必随时代思潮而趋于人物之描写。它如风景静物等亦自有其相当之地位，因为人类的天性不单爱人类并且爱自然，有时倦于社会之描写亦势必向自然界寻求精神之解放。

总之，中国绘画之将来，无论在国画或油画方面均以人物为主体，自然之描写副之。在造型艺术之中，绘画仍可列在最重要的地位那是无疑的了。

雕塑之将来：在佛教未进中国之前，雕塑是附属于工艺品，那时人物之表现绝少，而动物之描写则甚多。佛教进中国之后，因宗教上之需要，雕塑遂借佛像之尊严而独立了。其初佛像之作风全取法于印度希腊之型典，后来才渐有中国民性之表现，自六朝至隋唐凡八百年可谓为中国雕塑之全盛时期。宋元以来是为中国雕塑之衰落时期，至清初则完全灭亡了。中国雕塑之绝大缺憾在不能与建筑发生密切之关系，除了陵墓前石马之类，此外用途甚少，至今多数人已不知雕塑为何物了。

现在是新由西方传播了一点雕塑的种子，这颗种子是应时代之需要而萌芽了，将来它的发展当随着建筑而并长，它的表现亦势必以人物为中心。我们深信将来中国之雕塑可有美满的成功，因为过去的雕塑在佛教和动物之表现已遗有不朽之作品可为明证了。不过在这最近数十年内，雕塑之方法及作风势必仍受西方之支配，这是不可避免的了。

建筑之将来：中国建筑的形式，向来是受材料的支配，可以说是世界木材建筑最巧妙的表现。它的长处在色彩之华丽，形式之安逸，它的短处在不适用、单调、浮薄，缺乏崇高伟大之精神。

中国建筑自受印度艺术之影响而产生寺观、宝塔、牌楼等建筑之外，数百年来完全泥守古法，毫无创造可言。清初之圆明园为接受西方建筑之滥觞，近数十年来西式建筑林立中国，同时发现了西人所创始的中西合璧式的建筑，远望之宛如穿洋装戴瓜皮帽的人物。这种不谐和之现象正是中国过渡时代之象征。假如建筑不单是为用而且是社会精神之代表，那么凡是混合式的建筑都失却一致的精神而无所表现了。中国旧式的建筑不过是一种尝试，恐无继续之可能。纯西式的建筑百年内势必风靡中国无疑，将来或许以西式建筑之中脱胎出一种新式的建筑亦属可能的。但是鉴于过去建筑的单薄性，我们对于将来的中国建筑实不敢预料其成功之伟大。

音乐之将来：中国的音乐颇盛于古代。其衰落之原因甚复杂，大概可推论如次：一因乐器不完备，二因乐谱之简陋，三因朝代改革而失传，四因民族性不甚近音乐。东方各民族在艺术上之短处以音乐为最显著，大约是听觉不甚灵敏之故。中国文字象形而不重音也许是同样的原因。总之，在世界艺坛上中国音乐是没有地位的了。现在中国正开始研究西乐，对于西方之乐器乐谱是全副拜领的，目前因为不熟悉这种新技术，不特无力创作，就是演奏也是极感困难。将来演奏的人才和拟谱的作家增多之后或可有优良之成绩，但是以后中国音乐势必摹仿西乐而全受其支配，是意料中之事了。西乐在中国非经长期的栽培，势难产生新颖的表现；就是在较远之将来，中国音乐之成绩亦难与西方相媲美，因为东方人之听觉终不及西方人之灵敏故也。

工艺之将来：中国长期的艺术史可以说是起于工艺，终于工艺。长于图案性的中国民族对于工艺既有了灿烂的成绩，目前虽如何衰落，将来势必复兴无疑。解决中国工艺之根本问题全在图案之研究，图案之基础又全在自然物象之研究，现在有志图案者已不乏人，将来接绘画而兴的当然是工艺了。东方民族如日本中国等皆擅长工艺，其原因在天性近纤巧，适于狭小之表现故也。将来在世界艺坛上代表中国者是纯粹艺术抑或是工艺，尚属疑问。我们所能预料者工艺既为实用的艺术品，颇吻合时代之功利精神，将来当可发达于中国。现代欧洲工艺之兴盛可以为明证。

总之，一种民族好像一个人，其天才自有长短之处而断无万能者。东方各民族在艺术上之表现，大抵皆长于精巧，短于伟大，故在工艺上颇有新颖之表现。中国民族在东方是比较有伟大性的了，所以它将来在艺术上之表现当可超乎东方各民族之上。假如今后中国民族对于艺术能如往昔之努力，则将来在世界艺坛之地位当不亚于过去之荣光，中国艺术之将来如何，我们可回顾过去为证。

1931年3月2日为小女弥月之纪念写于断桥十字路上

附：《国立杭州艺术专科学校校歌》(林文铮作词，李树化作曲)，原刊1934年《国立杭州艺术专科学校一览》。

莫道西湖好，
雷峰已倒。
莫道国粹高，
保俶倾凋！
看，
四百兆生灵快变虎豹！
不有新艺宫，
情感何以靠？
艺校健儿，
齐挥毫横扫！
艺校健儿，
齐轮锤痛敲！
要把亚东艺坛重造，
要把艺光遍地耀！

Moderato
國立杭州藝術專科學校校歌
林文錚作歌
李樹化作曲
Dolce
brillante

哀法兰西

林文铮

按：《哀法兰西》，原刊1941年8月18日出版的宗白华主编《时事新报·学灯》副刊（渝版）第140期。由林文铮先生此诗开篇前的短序说明可知，此长诗是林文铮先生有感于1940年法国贝当政府投降纳粹德国而作。宗白华先生所写编辑后语亦云“法兰西的沉沦，不重演着古罗马的悲剧么”？林文铮与爱妻蔡威廉——国立杭州艺专西画教授都曾留学法国多年。而此间，由于抗日烽火，林文铮先生与蔡威廉先生随校内迁。由于医疗条件太差，刚刚生产三天的蔡威廉先生因产褥热于1939年5月5日不幸逝世，如此国难、家难，令林文铮先生悲痛不已。

此诗发表时，清华大学教校吴宓识语：“按英国诗人兼小说家佐·梅里狄（1828—1910）于1870普法战争，法国军败都破之时，写作France：Anode长诗以吊法兰西，实与此篇异曲同工，可以传矣。”

1940年，法国在纳粹铁蹄蹂躏之下，作此志哀，仿拜伦《哀希腊》之本旨也。

（一）

希腊晚葡萄，拉丁凉秋菊。
吁嗟法兰西，奈何吞声哭?
世无不谢花，长明岂有烛?
胜负如浮云，无常本迅速。
一朝偶荣辱，何足镂心曲!
君不见乃祖查力大帝之威武，
扬护法之大纛[1]，建罗马于高鲁?
君不见路易转轮王?
帅十字而东征，卫圣陵于亚陆?
莎汗宵遁，马不西牧，
君不见弱女贞德之神绩?
单骑率残卒，旧山河重完璧，
功成赴火含笑寂!
君不见法兰一世之大雄?
兵败名荣，囚而不服，
终灭卡罗鲸欲，霸王逃禅穷蹙。
君不见红衣主教黎希列?
威仪三千，铁腕治国，
诸侯授首，群雄烟灭，
仲父无其功，商君无此烈!
君不见明王大路易?
赤日中天，千峰仰岱，
文式后来，武迈前代，
南面西欧，威震海外，
巴黎新雅典，未央凡尔赛!
是时文坛老高奈，崇英雄，轻少艾，
超人尚志不谈爱!
拉辛缠绵多悱恻;
亡国安陀悲失节，

越伧斐后饮恨绝！
热肠莫里哀，冷笑泪盈掬，
不道人间有真诚，优孟衣冠一魔窟！
诗圣拉芳登，孤高遁流俗，
善恶不指人，寓言于狐鹿。
巴斯卡尔人中鹤，
纵观宇宙，万物横索，
愍人智有穷，悟科学之无著！
何处寄孤魂？一心长吻耶稣脚！

（二）

吁嗟众生本平等，贵贱奴主由人作。
骄智淫乐岂有常？弥天怨气黑牢伏！
伏尔泰不胜衣，王者敌！
只字成飞镝，公候破胆震椽笔。
谈笑柏林宫，儿戏腓得力！
卢梭走山泽，民约新圣经，
贩夫顿立志，禁庭半夜惊！
后主路易何无明？误听蛾眉信小人，
地狱不早开，王冠未忍弃。
一朝镣寸断，火起巴斯底！
父子君臣相抱啼，宫外喊声动天地。
囚车赴市马不前，断头台上报先帝！
吁嗟杀机一动不可休！
残尸未收新鬼愁。
丹东徒有不烂舌，引颈罗兰叹自由！
从此朝朝与暮暮，刚割屠场血川流……
当年博爱今何在？
同志翻成不共戴天仇！
休矣法兰西，自由须断头。

况有乘虚虏，如狼窜四周，
大哉英雄不世出，挥戈扫敌有拿翁！
革命义旗闻风起，懦夫弱卒挽强弓：
东擒普奥虎，西拒海峡龙，
南射罗马雕，北逐帝俄熊，
战士长歌马塞曲，将军立马凯旋门！
奠定共和功不赏，露华宫里号玉尊。
党人血肉供御宴，塞纳河边哭鬼多。
昨日苍生新救主，今天苦海一天魔。
借问独夫能几许？雄师埋骨莫斯科！
滑铁卢前悲落日，哀沧岛上老泪沱，
吁嗟盖世豪，为君断送革命潮！
祖国垒京观，欧陆沉血沼，
至今言兵唯父老，翩翩年少不带刀，
自是人生风月好，雨后蔷薇分外娇：
独立天涯慨今古，嚣俄未老不还乡，
寻寻觅觅拾遗者，拉郎湖上哭无常，
缪塞终宵对月光，长嗟公义乔治桑，
谁道巴黎是天堂？波公慧眼识魔王，
潦倒魏伦今柳七，慢唱秋歌欲断肠。
海墓超尘梵乐希，明心见性物我忘。
末世艺林寂寞芳，琼花不胜雨风狂！

（三）

守土宜尚武，善邻焉用矛？
奈何普鲁士，虎性难与交！
听以师丹役，帝国痛覆巢！
吁嗟法兰西，此仇岂不报？
挥泪收残局，共和血重造，
含垢四十载，妇孺惨不号。

烽起巴尔干，莱茵扬赤涛，
敌势为山雨，飘忽薄京郊，
背城复背水，大战漫沙东，
破虏谁卫霍？霞飞鹤发翁！
肉搏绵岁月，顽螭始告穷，
白骨高须弥，元戎收战功，
吁嗟法兰西，狂歌胜利心凄迷，
归来壮士穷何在？半壁山河尽废墟！
泪眼愁看新富贵，寡妻孤子死沟渠，
始信沙场百战苦，为他人作犬马驱！
从此噤口不谈兵，高枕全凭马奈诺，
岂知宿怨终难释，驯虎冲槛向人扑！
疾风闪电袭巴黎，刹那明都已陷落！
非关将士惜捐躯，歌舒已老甲兵薄，
咽喉被扼将奈何？俯首投戈唯受缚。
廿年盟主一旦囚，举世骇闻转笑谑！
吁嗟法兰西！
我哀尔之今，我吊尔之昨！
尔非无勇，轻武积弱，
尔非无仁，强邻肆虐，
尔非无谋，迅雷失措。
吁嗟法兰西，人文仰嵩岳！
万邦拜金牛[2]，清谈尔独乐，
盛度衰不堪论，千秋唯大觉！

注释

［1］纛：古代军队里的大旗。古代用毛羽做的舞具或帝王车舆上的饰物。

［2］金牛：见《圣经·旧约》。此喻魔道，拜金主义。

给吴冠中、朱德群等同学的信

吴大羽

吴大羽

按：吴大羽（1903—1988），原名吴待，江苏省宜兴县宜城镇人。1920年任《申报》美术编辑，1922年留学法国，入法国巴黎高等美术学校学习油画与雕塑。1927年回国，在上海新华艺术专科学校任教。擅油画、诗文，出版有《吴大羽画集》。1928年起任国立艺术院西画系首任主任兼教授。

1937年抗日战争全面爆发后，吴大羽教授未能随校内迁。学校迁滇后，吴冠中、朱德群等学生，函请他返校任教，此即为吴大羽先生复信。时间为1941年，原信无标点。

一

冠中、德群两友：

信示艺苑凋零，未忘刍荛；以心手目并用之绘艺，遥鞭课于万里，事太生重；又以识字无多，若举如锄之笔，如何以罄我胸次所欲言，互为长益。美在天上，有如云朵，落人心目，一经剪裁，著根成艺。艺教之用，比诸培植灌浇。野生草本，不需培养，自能生长。绘教之有法则，自非用以桎梏人性，驱人入壑，聚歼人之感情活动。当其不能展动肘轴，不能创发新生，即足为历史累。譬如导游，必先高瞻远瞩，熟悉世道，然后能针指长程，竭我区区，启彼以无限。更须解脱行者羁束，宽放其衣履；行人上道，或取捷径，或就旁通，越涉奔腾，应令无阻。画道万千，如自然万象之杂，如各人心目之异，无待乎同归。业技之成，策以规则，督以仿行，期年可期。培育天分事业，扺于长大，不尽同于造匠。拽蹄倒驰，骅骝且踣；助长无功，徒槁苗本；明悟缠足裹首之害，不始自我。抑笔著感情，诸友已颇能自知，明程既燃，大道在目，耀光引人，谁管关拦！今所能勗止于蓄见。作画作者，品质第一。情绪既萌，画意随至；法遂意生，意须经磨砺中发旺，故作格之完成亦即手法之圆熟。课习为予初习以方便，比如学步孩子之凭所扶倚，得助于人者少，出于己者多。故此法此意，根著于我，由于精神方面之长进，未如生理发育之自然，必须潜行竞力。不习或不认真习或不得其道而习者，此俱无可幸致。及既得之，人亦不能夺，一如人之自得其步伐。习作程上，有借助于师友之磨砺，但有时贵能推新，又有借助于古近作之临览，但有时可作为覆鉴。习作、创作，无间鸿沟，可作为一事之两面看，难于截成期段。依此见解从事课习，将不至为课习所误；依此见解从事创作，亦可免于空洞、虚伪、粗浅之结局。新旧之际，不存怨讼，唯真与伪为大敌。深浅高卑，自有等次。美丑之两端，时乖千里，时决一绳。素描色绘基习相通，通常先素后绘，以素习法简快易喻；色习法繁绪多端，难于指阐。意义上，素衣而色裸；学习上，素捷而色隔耳。色体之课习，可循接素描途径进行，不置段落。谨慎进色，积时成彩，亦可直将素描经验融入彩色之中。别定础石，即以绘写。目之于线色，一经发之于艺术，即有个意存于其间，虽同而不全同。课室中事，无非将不同中之同，示以共通，比量榘矱，使各就其画眼尺度所见，便于教习而已。若视绘艺之成熟，长足于课习，已群知其非，亦因颇有作家，目不识丁，昧于自阐其画理，而仍不失其蕴存着不具文之独特理论。据此而论，天才尚矣。我人于外来法则桎梏之中，大可借此自信一点，松散一点。学者从师友之切磋上，古近作之临览上，用错工夫，易犯以下诸失：如粗心妄造，著野落只；如目眩物表，心境枯寂；如长寄前人名下，羞于觍物；勇于顺受，馁于逆索；如鸟习笼，积久难返，其间人师有责。教育可以发人明慧，可以致人于愚昧。聋瞆之前，放啼没音，流血无色；青苗见厄于石底，无间容心。于此，可复一言，远相勉者，为人类文明倒底出于人类自造。假如吾人前无文化，亦当努力接近光明，无学校亦当自求升华，追索人类前向之极义。哲人之事，我人不暇，仅能做极自然、极人性之心、手、目活动，冲出生活上之陈滞、腐塞而与世目以鲜洁而已。积压我人肩上为数千年之训训，心目蜷局，由来已久。今诸友非不知长持诤幅，听人殖拓之非是，则已集济济师友于一地，究底愈于孑处孤寂，宜可借相砥砺，期成巨斧，判划古今，何患乎学无进路。

覆勉

努力，诸同学均此。

羽

此覆写于月前，中间因病故迟发，校示欲我为艺教补过以来日，并将于卅一年度设法增烬，唯港款未经取得，现不知周君何在，便为转达校长。又覆。

1941年

二

冠中、德群、希文同学：

自间离青年友的脉搏，张眼少所见视，正芥蒂着几点的不像情绪，一则属目此世的扰扰，替人事的起火而滋虑，滋虑远息的濒绝，或出于乏味作学，又或各已终止其所研习，这是从远看。至返看，羁绁中更惶惑于人智之所竞逐。旭日待谁，而昇发瞻顾近远，未免戚戚到来者。

接阅八月间来信，此心始复抖擞，但信中没有提到我春天覆出的一封信，那信里已为试答学画上提不住问题的意见，看去像已寄失。让他寄失也好，人难有十全的意见。自己也惯会否弃过去。不过要等这封覆书寄到远边，距间你们盼待之日又将迟下一个季节，怕是飞雪蔽天、蛸觅火温的冬日了。这时这地，风雨满城，蛰索无欣，所可言告，无非一些郁拂。

来信带给我往日青年的生息，微弱的生息虽不即能盖过所有的腐恶，却已证明腐恶终也淹没不煞生姿。这样的季候，风风雨雨是所难免，只须青青之芽着地、长育，总得向神明感谢的。学者应知所矜持吧，一个为美的耕植者如此矜持上十年二十年，将无以致献于世眼的。我群固然未至腐失境地，比到别人也只多一点生气生动，固已示露出鲜活，却不可自误其鲜活生命的滋繁，发为刺人眼目的荆蔓，天才也能在恶的一面发展的。中国艺术颓衰，根索深远，时值昏乱，遂复沉寂见哀，然鬼魅利于夜行，狡侩方且逞宵，正毋宁喻为刺眼可憎之时。

我人何知是由于人类先天的不幸，抑或是由于人类努力的不得其道，然有史以来，人事总像落在奸诈巧佞辈掌中的，而愚蠢和无知又永像跟着为其傀儡，民族积腐区际，那类把戏就也格外表演得骇人迫屈。挚诚者长持人类前向的元气，湮没滞于艰苦颠迷之境，其或持志稍弛，则同沦为时代的罪人，以知不可为而为的大勇，终欲无言。陶辞之前，早有归人，我人诚不悦服一人一时之洁思，而略看人文创造努力上无限的欣展，然于先哲决绝于善恶之际，和令人惕焉于美丑搏击之伤悲，颇见其多所仿佛的洚水鸟兽之患，方释人间桎梏鞭笞之惧，又已接续潜入庠序，美术应自是非网中逸出而辉煌时，复觳觫屈处于鲁暴。人有自恒久未竭之生源，若辞归其本位之无路的吗？只有自饬于严肃之中吧。

大风捲起巨浪，不必见风。长流浩荡，谁为识力呢？静夜的疎星，幽谷的芬芳以及艺人的名闻，不必尽为人所欣会，蚊群谨营其丘邸，已是伟大之人师，曾有多少巨靴于一举足间踏翻多少生命的辛勤，谁又曾听过蚂蚁之类的怨声？

史实所在，颇有以巨声惊堕笏权于一时的。前辈中，也有激扬怒吼，教人学习斗术的，其教人直向腐败堆中发恶露丑曾竭尽过一尺道，然丈魔不因其长敛迹，原来那斗术可比于拆屋救火，所在迫需。人生，既有两只手，要能一手抢救一手创造之，才好维持住这绵绵之势的。在愿擅建造力短抢救的时代，当这到处烽火之地，而深自感人不幸中窝，是应该的。而且在我们这圈圈中，一个码头小工，借其自力夺向邻贤成功的旧径中行，是可以预见他获得没底的悲局的。稀有的奇迹常是增减于胡文虎型的成功。像苏秦、刘邦以至由做奴才起充老爷的人上人，固山积海量，但在这圈圈中间要一个绘画天才从万恶搏击中而不自失其质资，而不自没其赤子心，不堪设想其前途。鲁迅是这圈圈中的真人，他以肩夫向恶警抗衡的姿态，折死于惨酷之中的。在这昏沉道上，他遗下一担子重愁，落日挂在担后，纤月曲作担前钩，后起者将不胜其凄楚吗？具有自知之明的画人，能不想循接先贤，踵向由之，为同群添上一点光色，画完成一幅天真澜漫图像，像所有万物萦绕住创神跟前的欣欣吗？这事须积贤智才能心血的煎熬，才够作一笔两笔颜色用的，莫以为这里那里多着颜料，又感这里那里可以妄作乱涂。我人以为美育代宗教的绝响而严肃。得为追思到自来艺人的诸人惨痛而畸展之生面严肃，多少真人没其生而不容于奸恶老迈之世，亡成竟自以疯狂现于世目呢？更有多少真人启眼尚未识世，即迫使锯转于沟壑间去。鲁迅、蔡孑民诸先生应都深悉这腐黑圈圈中的症结的。他们生前属望于美术从事者曾竭尽过他的热切来的，而我人又何其乏力，比精通文典的人更乏力。

上海同别个区处一样，不一定可容得画人心，却也不比石底苗生更可悯，不比窜逐山林的祖先更慌惶。总之，上帝未尝不准蚂蚁啃土于地底，也没有限止青松不得拔长于低地。诚如鲁迅晚年之所慨示之，他或久已慨然于污鄙之生吧，我人自量也不像是个大器，那么比方种种子麻，比方愚夫的承箕，比方积水滴的愿忱，比方蚂蚁的操操任命，以至各人各蓄其灵魂的微香，都无非事情之至微。画人放眼既然不见可资来诵的活象（指来信说没有画意），是须以天才的苦索出之的人，不是各有其禀赋吗？宣纸毛笔果能寄托得真挚安排得色相又何必多所苛择呢？我乏话头是为我徒滔滔，正如我不识字，徒塞无字句于怀一样，却无须自疑其命运了，没有怕风沙的骆驼，也没有空着担子的樵夫。

你们向我提起工作，我若提起我近年来身心之困折，将惊住西山岗上菜色之群的，真的，人生艰难曲折的谋划竟不如任何生物经营的美丽，而我们是画人，肯忘去人生的美丽吗？和年轻友久隔之下，要我做较有益的贡忱，到不在这而在前次遗落的一封信。此外能说些什么呢？道之不行已知之矣。

你们去敦煌去亲接先师的遗辉，将可借此增长些活力，可不要忘带自己的眼睛，这是上信相勉的话语，人世谁或不重视明眸吧？师道上不能不做如是的鼓励。

除掉“别样心情”的追逐者外，没有别的佳闻了吗？华岳、善庠，无极诸友近情如何，风眠先生好为我代候他笔墨康健。

进步！

羽

重九日写下

1941年

别 情

吴大羽

按：《别情》选自2016年辅仁书苑印行的《羽诗》。似为吴大羽晚年之作，虽是作别之作，但从诗歌意象中仍然可以感受到诗人对生活及事业等的情感。

我以一日之长来到你们面前
敢贪着天功妄自居先
此来只为向大家输所敬诚
不许有一点错过落到你我中间

青青的苗芽初初绿满了前山
虞人身上才感到重重的负担
日子总会一天一天走向没力
精神可该把握得十分稳贴

让我把心事交代给替手们
但愿珍重起各自的名分
假如一朝你们发觉所业又终了
记着前程外面更有着前程

固 执

吴大羽

按：《固执》选自2016年辅仁书苑印行的《羽诗》，似为吴大羽晚年之作，从诗歌意象中可以感受到诗人对在杭州西湖国立艺专时期生活的情感。“雷峰塔”“保俶塔”是杭州西湖边名胜，1928年至1937年，风华正茂的吴大羽先生曾在西湖边国立杭州艺专任教十年，在这里他收获了宝贵的爱情与一生挚爱的绘画事业。

你是我青年时代的初恋
蕴藉中年岁月的根源
溶谐在我血液里沸旋
长留在我梦里缱绻
桃李默默曾无言
蹊径似不此相忘
这番阅历了沧桑
怀念又来我暮年
雷峰一度比邻
保俶十年屋顶
白云绕过我冠冕
清澈载过我画船

无 题

吴大羽

按：《无题》选自2016年辅仁书苑印行的《羽诗》。似为吴大羽晚年为一位“清性心”的友人而作，从诗歌意象中可以感受到诗人对宇宙天地、人世等的情感。

波释结悲欣
知君清性心
江山若故貌
风月宇外新
人天相接逐
天人策古今
莫逆万千变
谷空空足音
余亦存馀梦
飞光嚼采韵
东西迷岁月
啼笑醒秋春
白内自内障
不许染丹青

从西湖谈到珠江南岸

钟敬文

按：钟敬文（1903—2002），原名谭宗，又名静闻、金粟，广东省海丰县人，1934年入日本早稻田大学文科部研究院学习民俗学、文化人类学，毕生致力于教育事业和民间文学、民俗学的研究和创作工作。著有《西湖漫拾》《湖上散记》《荔枝小品》《未来的春》《海滨的二月》《诗心》《柳花集》《楚词中的神话和传说》《蛋歌》《民间趣事》《马来情歌》《民间文艺新论集》《民间文学丛话》《歌谣论集》《客音情歌集》等。1936年夏回国兼任国立杭州艺术专科学校文艺导师。

《从西湖谈到珠江南岸》，原刊1929年《亚波罗》第6期，是钟敬文先生写给好友庆琛的一封书信，反映了作者1928年离开广州岭南大学到杭州后的思想状况及对杭州以及家乡等的情感。钟敬文先生在杭州生活工作七年（其中有两年去日本留学）。他曾自言："这一阶段，可以说是我一生学术生活中的第一个高峰期吧。"（《钟敬文学术论著自选集》自序，首都师范大学出版社1994年9月出版）这封书信中"我竟差不多全舍弃了文艺的园亭，另向着幽深荒芜的郊野奔赴"，即指作者在杭州开展的民间文学、民俗学等的研究和创作工作。

庆琛吾兄：

别来三个多月了。当我离开岭表之际，大地正蒸腾着酷烈的炎氛，曾几何时，而已到了这风霜凄紧的辰光。韶华老人，严厉地执行着他的律令，对于我们的青春，绝无假借地摧残收敛了去，而浪人者我，只以茫漠惶惑的思绪，白送着这一去不回头的人生之波，学问事业都梦也似的毫无把握。我有时清夜想及，真不知应当怎样做才好！彷徨，我现在的确如日暮途穷的旅人之彷徨！庆琛，北来以后，很少消息给你，也以此故。说到忙呢，诚然有一点，然何曾是唯一而且绝对的理由呢？

从你前后两封信中的说话看来，可以知道你对于我在此的情形，是何等关切地系念着！好友，让我在此先谢谢你珍重的情谊，然后再略谈点此间的状况和我的近情。

你最关心的，怕再无过于西湖吧。记得我将走的前数天，我们在广州一家茶楼上话别，你郑重地嘱咐我到这里之后，替你们的刊物，写一篇记述西湖风景的文章。我二三月来，脑里未尝不时时想起这事，但这文章实在太不容易下笔了。第一，题目太大，若详细地做，则可以写成洋洋数万言的专书；若说的太过简略，则又像有点对不住湖妃山灵。第二，西湖的大概的外相，虽然已草草领略，但她的奥邃灵妙之处，尚未足以云懂得，以这样皮相的人，叫他潦草涉笔，怎能“恰到好处”呢？为此，终于踟蹰着不敢下手。现在是不得不说及她了，自然是只能极端草率地说点了事。当我最初看见她的时候，她所给予我至深的观感，是“幽秀”两字！湖中的水，是那样温柔，又那样澄碧。环湖的山峰，则娟媚如天寒倚翠竹的美人，没有一点粗鲁恶俗的姿态。最可爱的，尤其是湖滨路和两堤的杨柳，碧条翠缕，鬖髿下垂，倒影湖中，如名家淡墨画稿，看了令人神移。若逢良夜，朗月当空，银光轻舒水上，象冰绡薄笼，幽逸的情态，不给她陶醉了的人是很少的。至于西溪看芦雪，天竺探烟霞，一切胜事胜景，自非短简里所能尽述，也不是生客的我所能够详悉，只好俟之有机会的异日再写了。总之，西湖是颇值得一玩的。别的不要说，单就她的秀色，就够我们餐咽了。

这里虽然是浙江的省会，并且境地邻近所谓东方有名闻的商场上海，但工商业却不见怎样发达，马路的努力开辟，也正是一年来的事。这里，你知道，在南宋时，是建设过国都来的，但古香古色，足以代表过去文化的风物，似乎也不多见。然而，我爱她，——最少此刻是我爱她——她朴素、宁静、婉柔，可以调和着我暂时汹腾、决裂的心。前几天一个学艺术的朋友告诉我说，他住在这里不到一年，却把平昔蜚扬的英气消磨不少了，如再居停下去，恐要变成个了无生气的木乃伊呢！我微笑着回答他说，我倒不如此作想。生动热烈是可爱的，但我现在是有点疲倦了。我需要休憩，我需要暂时的休憩。这里的幽婉、静默，正是一服绝妙的清凉剂呢。我要跃动，我的生命要来长远的跃动。但此刻且让我清闲地躺着吧！他听了我的话沉默了，心里是赞同呢，抑是反对，我可不能知道。庆琛，你以为我怎样呢？老实说，上面的话也不过只代表了一方面的思潮，论到它的全部是一个无限大的矛盾，破败，一切环境在我身的周遭的事物，都可作证。我何曾真的能过着波澜不起的隐者生涯呢？我怒吼，我低泣……呵，我的心境和行为，简直诡幻得像海上不定的晴雨风浪！有人骂我颓唐，我承认，有人说我热情，我承认，有人称我中庸平正，我也承认。但在这些的承认之后，我却都不免继以一个冷笑。因为这正犹如一般人对于情爱的意见，你说爱是人间生活最精醇的部分，于一切幸福，它为顶高点，我说爱的根源就是苦恼，邱匹德（丘比特）的箭尖是溶制着空间任何毒素成功的。这些话，何曾说错了呢？但是，它可能整体地道破了爱的甘苦。彼此都不过只抓到一部分的真实罢了！庆琛，实在告诉你，我现在的身心，是一场很不调和的冲突活剧而已！

我自离开岭大以后，至今年暑假一个长年间，因为种种关系，我竟差不多全舍弃了文艺的园亭，另向着幽深荒芜的郊野奔赴，中间除做了许多旧诗以外，几乎没有什么成绩可说。暑假以来，始稍稍恢复旧业，随兴浏览之余，时或执笔学写一二。自从离粤到现在，零星地拾掇了七八万字，量固稀薄，质尤粗劣，有好几篇你已看到，好歹谅总在你明辨之中了。近来总觉得，人家一切都比我优胜，自视实一无所长，落伍小卒，恐永没有赶上前茅的美梦，长远地追随在时代黑浪之后，庆琛，对我满怀着奢望如你的，将为之奈何呢？

岭大，啊，永远忘不了那珠江南岸的岭大！我从前虽然曾过尽量的憎恶去咒她魔化了的黑暗，但此刻在我的脑子里，却要忘掉她一切的罪过，幽深地追怀着给予我的美好。我希望她的灵魂日臻于纯洁崇高！我写到这里，过去时，在被生活的画片，不禁一张张著起鲜明的色彩来。在校境的南边，——即濒临着珠江的一面——是一片洋房疏落，树木阴森的园地，那里有丛芜的野草，有怪异被鸣禽。最使我记忆的，是当月明的晚上，彼间清寂如荒废的原野，一个人独自幽悄地踏着月光，在尤加利树的林道中踯躅，冷风如亲切的故人，阵阵地吹荡得我身轻心畅。我那时沉沉地想，我甘愿不要有嚣乱的白天，因粥——为这清宵于我已够了。我当白日与黑夜交替之际，苍莽的暮色，从不可知的远方伸张过来。凭倚着临江铁栏，看悠悠江水，向东流去。对岸的田野山峰，淡远如在梦中，北望广州城市，灯火灿烂，别有一番雅致。无论此时，是一人独睡，抑合良朋同在，总不免一种迷茫空漠之感，降临于心头，然而这是艺美的情趣的享受，——虽然味道上是略带有些凄然的——如果我们不愿成了一个头脑石化了的人，这享受，于我们是应该欢迎的，最少也是不能避去的。还有……呵，又何能一一尽数呢？总之，岭大——珠江南岸一块清幽之地——是这样深切地维系着我的相思：我有时取出赤岗、纯阳观、小港桥那些地方的照片来展视，我更深深地不能忘情于岭大。庆琛，你笑我骞远么？是的，我也有点自己奇怪自己的感情。但是，你要知道，我的话是彻底真实的，我一点没有撒谎，不信么？让珠江女神在夜阑时来证实于我的梦里吧！

庆琛，你不会忘记吧，我是一个爱吃水果的。水果的丰美，如好动的国民根性一样，原是我们岭南的一种特色。我这时，想到我们天天可以吃到的杨桃生木瓜，我就觉得有些在异乡一切陌生的气氛。这里市上有殷红的苹果、淡黄的沙梨、丹黄的桔子，甚至也有香蕉，但大抵都是从别地来的，非本地的土产。我初来时，正是海棠上市的时光，这种东西，虽非佳品，然味色都颇幽俊，我真有些喜欢啖嚼呢。岭大，今年出产的木瓜多否？我想到你们此时在那灌木环绕着的幽亭上，小坐品瓜，高兴时也还可以喝吃点海外食品，这是如何令人心往的风趣啊！流滞在这江南旧名的我，只好遥遥羡妒了！

近来，朱自清君出版了一册《背影》的散文集，在中国现在疏落的散文作者中，朱君是比较可注意的一个，我打算写点探险的话，不知能否实现？你的《谈中国数年来小品文》的文字，已作就么？我渴等着捧读呢——一个多月前，我也写了一篇关于小品文的短作，将来发表时，请你赐教吧。

弟钟敬文。（民国）一七，一二，一一。在杭州。

题陈倚石《布袋和尚图》

常任侠

常任侠

按：常任侠（1904—1996），出生于安徽省颍上县，1935年赴日本东京帝国大学文学部大学院研究东方艺术史。著译有《亚细亚之黎明》《民俗艺术考古论集》《西域乐舞百戏东渐史略》《中国古典艺术》《中印艺术因缘》《汉画艺术研究》《汉代绘画选集》《阿旃陀石窟艺术》《东方艺术丛谈》《中国舞蹈史话》《常任侠艺术考古论文集》《海上丝绸之路与文化交流》《印度与东南亚美术发展史》《石刻画与砖刻画》《印度的文明》《中国的文明》《近东与近东的文明》《日本绘画史》《中国服装史研究》等。1942年任国立艺术专科学校教授。

题陈倚石《布袋和尚图》，由题目可知这是常任侠先生为陈倚石《布袋和尚图》作的一首题画诗。陈倚石（1907—？），号万石堂主，福建闽侯人，时任国立艺专讲师。

乾坤一布袋，群伦处其中。
扰攘无已时，营营类百虫。
历尽诸辛苦，弹指成虚空。
老僧常看世，含笑如痴聋。
问我我不知，开襟纳晚风。

过剑门四首（1946年剑阁途中）

邓　白

邓　白

按：邓白（1906—2003），号白叟，别字曙光。广东东莞人。擅书画、陶瓷、工艺美术教育、美术史论。著有《中国画论初探》《图画见闻志注释》《徐熙与黄筌》《马远、夏圭》《赵佶》《潘天寿评传》《中国古陶瓷的艺术成就》《中国古陶瓷装饰研究》《龙泉青瓷艺术成就》等。1940年起任教于国立艺术专科学校、中央美术学院华东分院，曾任浙江美术学院工艺美术系主任。1962年协助浙江省轻工业厅恢复龙泉青瓷生产。

《过剑门四首（1946年剑阁途中）》，选自《邓白全集》（8序·诗词·书信）（中国美术学院出版社2003年11月版），是1946年邓白先生途经剑门时所作。剑门位于四川北部。

一

迢递南归路，蹉跎又早秋。
未成巫峡梦，先遂剑门游。
云栈殊今昔，金墉障斗中。
登高洽画兴，何必鼓扁舟。

二

绝巘参天峙，雄关翼宿舒。
千军曾弃甲，万里此停车。
壮观夸殊绝，豪情任放疏。
西秦有函谷，气象定何如。

三

设险临千仞，凭陵敌万夫。
岧峣庇天府，锁钥扼灵枢。
眼界从兹阔，危途此外无。
南归挥巨笔，先写剑门图。

四

拔地千峰峻，悬崖一线危。
晓岚疑似画，神秀禹难诗。
选胜浑忘倦，耽留惜乖离。
他年遂游兴，还作剑门游。

观画答客问

傅　雷

傅　雷

按：傅雷（1908—1966），字怒安，号怒庵，江苏省南汇县人（今属上海），1927年12月赴法国留学，入巴黎大学文学院，主修文艺理论。课余去卢浮美术史学校和梭旁恩艺术讲座旁听。一生主要从事翻译、写作、美术评论、教育等工作。著有《傅雷译文集》《傅雷家书》《世界美术名作二十讲》等。1938年应国立艺术专科学校校长滕固之邀，赴昆明任国立艺专教务长。1946年后曾多次来杭州国立艺专林风眠画室探访交流。

《观画答客问》，原载1943年11月《黄宾虹书画展特刊》，署名移山。是傅雷先生于1943年11月在上海与友人为黄宾虹先生80周年寿庆举办的“黄宾虹书画展”而作。

客有读黄公之画而甚惑者，质疑于愚。既竭所知以告焉。深恐盲人说象，无有是处。爰述问答之词，就正于有道君子。

客：黄公之画，山水为宗。顾山不似山，树不似树；纵横散乱，无物可寻。何哉？

曰：予观画于咫尺之内，是摩挲断碑残碣之道，非观画法也。盍远眺焉。

客：观画须远，亦有说乎？

曰：目之视物，必距离相当而后明晰。远近之差，则以物之形状大小为准。览人气色，察人神态，犹需数尺外。今夫山水，大物也；逼而视之，石不过窥一纹一理，树不过见一枝半干；何有于峰峦气势？何有于疏林密树？何有于烟云出没？此郭河阳之说，亦极寻常之理。“不见庐山真面目，只缘身在此山中”，对天地间之山水，非百里外莫得梗概；观缣素上之山水，亦非凭几伏案所能仿佛。

客：果也。数武外，凌乱者；井然矣，模糊者；粲然焉，片黑片白者。明暗向背耳，轻云薄雾耳，暮色耳，雨气耳。子诚不我欺。然画之不能近视者，果为佳作欤？

曰：画之优绌，固不以宜远宜近分。董北苑一例，近世西欧名作又一例。况子不见画中物象，故以远觇之说进。观画固远可，近亦可。视君意趣若何耳。远以瞰全局，辨气韵，玩神味；近以察细节，求笔墨。远以欣赏，近以研究。

客：笔墨者何物耶？

曰：笔墨之于画，譬诸细胞之于生物。世间万象，物态物情，胥赖笔墨以外现。六法言骨法用笔，画家莫不习勾勒皴擦，皆笔墨之谓也。无笔墨，即无画。

客：然则纵横散乱，一若乱柴乱麻者，即子之所谓笔墨乎？

曰：乱柴乱麻，固画家术语；子以为贬词，实乃中肯之言。夫笔墨畦径，至深且奥，非愚浅学可知。约言之：书画同源，法亦相通。先言用笔；笔力之刚柔，用腕之灵活，体态之变化，格局之安排，神采之讲求，衡诸书画，莫不符合。故古人善画者多善书。若以纵横散乱为异，则岂不闻赵文敏石如飞白木如籀之说乎？又不闻董思翁作画，以奇字草隶之法，树如屈铁、山如画沙之论乎？遒劲处：力透纸背，刻入缣素；柔媚处：一波三折，婀娜多致；纵逸处：龙腾虎卧，风趋电疾。惟其用笔脱去甜俗，重在骨气，故骤视不悦人目。不知众皆密于盼际，此则离披其点画；众皆谨于象似，此则脱落其凡俗。远溯唐代，已悟此理。惟不滞于手，不凝于心，臻于解衣盘礴之致，方可言于纵横散乱，皆呈异境。若夫不中绳墨，不知方圆，向未入门，而信手涂抹，自诩蜕化，惊世骇俗，妄譬于八大石涛：直自欺欺人，不足语语矣。此毫厘千里之差，又不可以不辨。

客：笔之道尽矣乎？

曰：未也。顷所云云，笔本身之变化也。一涉图绘，犹有关乎全局之作用存焉。可谓“自始至终，笔有朝揖；连绵相属，气派不断”，是言笔纵横上下，遍于全画，一若血派神经之贯注全身。又云“意存笔先，笔周意内；画尽意在，像尽神全”；是则非独有笔时须见生命，无笔时亦须有神机内蕴，余意不尽。以有限示无限，此之谓也。

客：笔之外现，惟墨是赖；敢问用墨之道。

曰：笔者，点也线也。墨者，色彩也。笔犹骨骼，墨犹皮肉。笔求其刚，以柔出之；求其拙，以古行之；在于因时制宜。墨求其润，不落轻浮；求其腴，不同臃肿；随境参酌，要与笔相水乳。物之见出轻重向背明晦者，赖墨；表郁勃之气者，墨；状明秀之容者，墨。笔所以示画之品格，最亦未尝不表画之品格；墨所以见画之丰神，笔亦未尝不见画之丰神。虽有内外表里之分，精神气息，初无二致。干黑浓淡湿，谓为墨之五彩；是墨之为用宽广，效果无穷，不让丹青。且唯善用墨者善敷色，其理一也。

客：听子之言，一若尽笔墨之能，即已尽绘画之能，信乎？

曰：信。夫山之奇峭耸拔，浑厚苍莽；水之深静柔滑，汪洋动荡；烟霭之浮漾；草木之荣枯；岂不胥假笔锋墨韵以尽态？笔墨愈清，山水亦随之而愈清。笔墨愈奇，山水亦与之而俱奇。

客：黄公之画甚草率，与时下作风迥异。岂必草率而后见笔墨耶？

曰：噫！子犹未知笔墨，未知画也。此道固非旦夕所能悟，更非俄顷可能辨。且草率果何谓乎？若指不工整言：须知画之工拙与形之整齐无涉。若言形似有亏：须知画非写实。

客：山水不以天地为本乎？何相去若是之远！画非写实乎？可画岂皆空中楼阁？

曰：山水乃图自然之性，非剽窃其形。画不写万物之貌，乃传其内涵之神。若以形似为贵：则名山大川，观览不遑；真本具在，何劳图写？摄影而外，兼有电影；非惟巨纤无遗，抑且连绵不断；以言逼真，至此而极；更何贵乎丹青点染？ 初民之世，生存为要，实用为先。图书肇始，或以记事备忘，或以祭天祀神，固以写实为依归。逮乎文明渐进，智慧日增，行有余力，斯抒写胸臆，寄情咏怀之事尚矣。画之由写实而抒情，乃人类进化之途程。

夫写貌物情，摅发人思：抒情之谓也。然非具烟霞啸傲之志，渔樵隐逸之怀，难以言胸襟。不读万卷书，不行万里路，难以言境界。襟怀鄙陋，境界逼仄，难以言画。作画然，观画亦然。子以草率为言，是仍囿于形迹，未具慧眼所致。若能悉心揣摩，细加体会；必能见形若草草，实则规矩森严；物形或未尽肖，物理始终在握；是草率即工也。倘或形式工整，而生机灭绝；貌或逼真，而意趣索然；是整齐即死也。此中区别，今之学人，知者绝鲜；故斤斤焉拘于迹象，惟细密精致是务；竭尽巧思，转工转远；取貌遗神，心劳日绌；尚得谓为艺术乎？

艺人何写？写意境。实物云云，引子而已，寄托而已。古人有言：掇景于烟霞之表，发兴于深山之巅。掇景也，发兴也，表也，巅也，解此便可省画，便可悟画人不以写实为目的之理。

客：诚如君言：作画之道，旷志高怀而外，又何贵乎技巧？又何需师法古人，师法造化？黄公又何苦漫游川、桂，遍历大江南北，孜孜砣砣，搜罗画稿乎？

曰：艺术者，天然外加人工，大块复经镕炼也。人工镕炼，技术尚焉。掇景发兴，胸臆尚焉。二者相济，方臻美满。愚先言技术，后言精神；一物二体，未尝矛盾。且惟真悟技术之为用。方识性情境界之重要。

技术也，精神也，皆有赖乎长期修积。师法古人，亦修养之一阶段，不可或缺，尤不可执着！绘画传统垂二千年，技术工具，大抵详备，一若其他学艺然。接受古法，所以免暗中摸索；为学者便利，非为学鹄的。拘于古法，必自斩灵机；奉模为偶像，必堕入画师魔境，非庸即陋，非甜即俗矣。

即师法造化一语，亦未可以词害意，误为写实。其要旨固非貌其嶂峦开合，状其迂迴曲折已也。学习初期，诚不免以自然为粉本（犹如以古人为师），小至山势纹理，树态云影，无不就景体验，所以习状物写形也；大至山岗起伏，泉石安排，尽量勾取轮廓，所以学经营位置也。然师法造化之真义，尤须更进一步：览宇宙之宝藏，穷天地之常理，窥自然之和谐，悟万物之生机；饱游沃看，冥思遐想，穷年累月，胸中自具神奇，造化自为我有。是师法造化，不徒为技术之事，尤为修养人格之终生课业。然后不求气韵而气韵自至，不求成法而法在其中。

要之：写实可，摹古可，师法造化，更无不可！总须牢记为学阶段，绝非艺术峰巅。先须有法，终须无法。以此观念，习画观画，均入正道矣。

客：子言殊委婉可听，无以难也。顾证诸现实，惶惑未尽释然。黄公之画纵笔清墨妙，仍不免于艰涩之感，何耶？

曰：艰涩又何指？

客：不能令人一见爱悦是矣。

曰：昔人有言："看画如看美人。其风神骨相，有在肌体之外者。今人看古迹，必先求形似，次及传染，次及事实：殊非赏鉴之法。"其实作品无分今古，此论皆可通用。一见即佳，渐看渐倦：此能品也。一见平平，渐看渐佳：此妙品也。初若艰涩格格不入，久而渐领，愈久而愈爱：此神品也，逸品也。观画然，观人亦然。美在皮表，一览无余，情致浅而意味淡；故初喜而终厌。美在其中，蕴藉多致，耐人寻味，画尽意在；故初平平而终见妙境。若夫风骨嶙峋，森森然，巍巍然，如高僧隐士，骤视若拒人千里之外，或平淡天然，空若无物，如木讷之士，寻常人必掉首弗顾：斯则必神专志一，虚心静气，严肃深思，方能于嶙峋中见出壮美，平淡中辨得隽永。惟其藏之深，故非浅尝所能获；惟其蓄之厚。故探之无尽，叩之不竭。

客：然则一见悦人之作，如北宗青绿，以及院体工笔之类，止能列入能品欤？

曰：夫北宗之作，宜于仙山楼观，海外瑶台，非写实可知。世人眩于金碧，迷于色彩，一见称善；实则云山缥缈，如梦如幻之情调，固未尝梦见于万一。俗人称誉，适与贬毁同其不当。且自李思训父子后，宋惟赵伯驹兄弟尚传衣钵，尚有士气。院体工笔至仇实父已近作家。后此庸史，徒有其工，不得其雅。前贤已有定论。窃尝以为：是派规矩法度过严，束缚性灵过甚，欲望脱尽羁绊，较南宗为尤难。适见董玄宰曾有戒人不可学之说，鄙见适与暗合。董氏以北宗之画，譬之禅定积劫，方成菩萨。非如董、巨、米三家，可一超直入如来地。今人一味修饰涂泽，以刻板为工致，以肖似为生动，以匀净为秀雅，去院体已远，遑论艺术三昧。是即未能突破积劫之明证。

客：黄公题画，类多推崇宋元，以士夫画号召。然清初四王，亦尊元人；何黄公之作与四王不相若耶？

曰：四王论画，见解不为不当。顾其宗尚元画，仍徒得其貌，未得其意；才具所限耳。元人疏秀处，古淡处，豪迈处，试问四王遗作中，能有几分踪迹可寻？以其拘于法，役于法，故枝枝节节，气韵索然。画事至清，已成弩末。近人盲从附和，入手必摹四王，可谓取法乎下。稍迟辄仿元人，又只从皴擦下功夫；笔墨渊源，不知上溯；线条练习，从未措意；舍本逐末，求为庸史，且戛戛乎难矣。

客：然则黄氏之得力于宋元者，果何所表见？

曰：不外神韵二字。试以《层叠冈峦》一幅为例：气清质实，骨苍神腴，非元人风度乎？然其豪迈活泼，又出元人蹊径之外。用笔纵逸，自造法度故尔。又若《墨浓》一帧，高山巍峨，郁郁苍苍，俨然荆、关气派。然繁简大异，前人写实，黄氏写意。笔墨圆浑，华滋苍润，岂复北宋规范？凡此截长补短风格，所在皆是，难以列举。若《白云山苍苍》一幅，笔致凝练如金石，活泼如龙蛇；设色妍而不艳，丽而不媚；轮廓粲然，而无害于气韵弥漫：尤足见黄公面目。

客：世之名手，用笔设色，类皆有一面目，令人一望而知。今黄氏诸画，浓淡悬殊，犷纤迥异，似出两手；何哉？

曰：常人专宗一家，故形貌常同。黄氏兼采众长，已入化境，故家数无穷。常人足不出百里，日夕与古人一派一家相守；故一丘一壑，纯若七宝楼台，堆砌而成；或竟似益智图戏，东检一山，西取一水，拼凑成幅。黄公则游山访古，阅数十寒暑；烟云雾霭，缭绕胸际，造化神奇，纳于腕底。故放笔为之，或收千里于咫尺，或图一隅为巨幛，或写暮霭，或状雨景，或咏春朝之明媚，或吟西山之秋爽：阴晴昼晦，随时而异；冲淡恬适，沈郁慷慨，因情而变。画面之不同，结构之多方，乃为不得不至之结果。《环流仙馆》与《虚白山衔璧月明》，《宋画多晦冥》与《三百八滩》，《鳞鳞低蹙》与《绝涧寒流》，莫不一轻一重，一浓一淡，一犷一纤，遥遥相对，宛如两极。

客：诚然。子固知画者。余当退而思之，静以观之，虚以纳之，以证吾子之言不谬。

曰：顷兹所云，不过摭拾陈言，略涉画之大较。所赞黄公之词，尤属门外皮相之见，慎勿以为定论。君深思好学，一旦参悟，愚且敛衽请益之不遑。生也有涯，知也无涯。鲁钝如余，升堂入室。渺不可期；千载之下，诚不胜与庄生有同慨焉。

书道在东方的位置

徐梵澄

按：徐梵澄（1909—2000），原名琥，谱名诗荃，字季海。梵澄为其笔名，晚年始用徐梵澄为通名。湖南长沙东乡人。1929年至1932年留学德国海德堡大学修艺术史专业，并为鲁迅搜购欧西名家版画，回国后在中国最早成系统地翻译尼采的著作。1939年至1940年任国立艺专教授。1946年至1978年历任印度泰戈尔国际大学教授、印度室利阿罗频多学院国际研究中心华文部主任。1979年至2000年为中国社会科学院世界宗教研究所研究员。著译有《老子臆解》《陆王学述》《孔学古微》《周子通书》《肇论》《唯识菁华》《五十奥义书》《薄伽梵歌》《行云使者》《薄伽梵歌论》《社会进化论》《瑜伽论》《苏鲁支语录》《尼采自传》《朝霞》《快乐的知识》《异学杂著》《蓬屋诗存》等。

徐梵澄

《书道在东方的位置》收入浙江文艺出版社1988年7月出版的徐梵澄著《异学杂著》，此文是其《谈“书”》长文中的一节，《谈“书”》长文分缘起、高等文化生活与浪漫派、书道在东方的位置、展览的内容、最古之日本碑铭、写经与草书、榜书、日本僧人的字、中国僧人的字、古法等十部分。徐梵澄先生写作此文源于一位西德老教授寄的一本“书”，小标题为“七世纪至十九世纪日本之书画”，是德国举办的一次日本古代书画展览图册。

绘画，通常被称为国际语言，东西方不甚隔膜。是历史上的杰作，便多超出民族和国家的界线。则可谓艺进乎道，道在全世界为一。书却不然，恰是书在东方发展成了一最高艺术，位置且在画之上，诗之下，即通常所谓诗、书、画。这待稍加解释。

在中国，或许在日本亦然，儿童开始认字便要学写字，一学写字，便要写得好。这一番知识上的负担，在其他用拼音系统语文的民族中没有，或至少也轻得多。因为华文，终究以“形”为主体。从填写影本，蒙纸描书，以至临摹碑帖，是一长期训练。这训练有绝大的价值，因为人以此从幼年便养成了美的意识，如布置的适当，长短大小轻重浓淡的和谐，皆美术上的要素；这推及寻常生活行动，举措要适当，要和谐，皆不言而喻，有其良好效果。这便是生活的一重要部分，是教养之一端。于是乎有书学可讲了。

在西洋，无此学可讲，仅中世纪修道院之写经典文字，稍有痕迹。哥梯克（gothic）式样稍繁复一点，求卷子之美丽，则借助于花纹图案。如开篇第一字母，别绘成一小方画，比较精美。近代发明了打字机，兼之以速记术，一般人的手书，又更退步了。偶尔见到虽名人的手札，也拙劣得很。

克实论中国书学，渊源颇古，古彝器上的款识铭文，如周时的大篆，其结字，其分行布白，大有“揖让进退”存乎其间，大抵占去彝器的一部分面积，非但与其器相称，即此面积上之每一字，字之每一笔，或说，此多体中之每一单位，每一部分，皆舒服，各自充分发挥其自体之美的效能，而与整体相调和洽适。在自体无扭戾，在整体无乖违。这里是古代书学之初端，其文字传世几千年，而后世仍加欣赏之故。

画的起源同古，六书中之象形便是绘画。而究竟字的地位处于画之上者，因为凡画的艺术原素或美的原素，字中皆备。其切于生活实际过之，因为人事上少不了书写；其广遍传布又过之。除了在最近代，一张画容易制成图片而外，古之画仅限于其原作，难于复制。若“绣梓”，即木刻翻印，黑白便无浓淡可分，彩色虽用套版亦难灵活。而碑版法帖，仅求黑白分明，一拓便可多张，容易普及，而且流传久远。

于此，可见书道比画道较大，而且，还可说较高。如何较高呢？因为画之美或美的原素，是对观者的较直接的诉与，虽则亦依乎观者的学养而决定其欣赏程度。在书不然，其美或美之原素皆抽象而又抽象化了，欣赏比较间接，几乎全部依乎观者的学养。

姑举一二故事为说：

> （王羲之）又尝在蕺山，见一老姥持六角竹扇卖之，羲之书其扇各为五字，姥初有愠色，因谓姥曰：“但言是王右军书，以求百钱邪！”姥如其言，人竞买之。他日姥又持扇来，羲之笑而不答。（《晋书》本传）

倘使不是题上几字，而是画一朵花或什么，老姥必顿然高兴而不怪画坏了她的扇子。当然，人也未必争买。于此恰是因为王右军的字原好，被称为“草圣”，有重名。

又另一故事：

> 率更令欧阳询行见古碑，索靖所书，驻马观之，良久而去。数百步复还，下马伫立，疲则布毯坐观，因宿其傍，三日而后去。（刘餗《隋唐嘉话》）

字之美者，使人看不厌，所贵看者能知道看，换言之，能够欣赏。欧阳率更自己善书，有此识力，这是高手遇到了高手，如同善弹琴者遇到了知音，心领神会，留连而不能去。

当然，可以说，凡艺事之欣赏大抵如此，如画家见到了古代名作，其事往往同然。但书则尤其需要有长期素养方可养成识力，亦是事实。于今倘使同是两青年，同样聪明，同样努力。一学写字，一学绘画，各与纵五年光阴。末了，学绘画者可学得了许多画“法”，必有几幅可存，至少可以张壁。学书者日日临池，他无甚书“法”可学，因为书之法远少于画之法。论汉隶，晋草，唐真，是否有几张可以上壁，大成问题。当然，字也可以写得很好了，但不足以问世。康南海写北碑，写了多少年，终于叹息说：“眼中有神，笔下有鬼。”——在创作方面，其难如此。虽是临摹某一体，然到写出的时候，也仍可说是创作。这一点很少为西方人士所了解，与绘画之临摹混为一谈。这亦是书道比画道高一等的缘故。

在学习初期，书画皆是一功力问题。然书有定型，画无定式，在某一定型中，古之书家早已达到绝高境界了，后人随而攀登，如何可及！倘所臻之境界不是绝高则或者早已随时代磨灭了，不会流传至今。纵或流传至今，今人亦必不取为范本，从而临摹，这时的唯一办法，便是起初专学一体，用上多少年功夫，然后参以他体，自出心裁，独创一格。这样方不为古人之奴隶，而卓然自立。如近代沈寐叟，是熔章草入爨宝子碑。如曾农髯，则熔铸黑女志、金刚经（泰山石刻），还参合了一部分瘗鹤铭。康南海熔北碑入乎行草，稍古的赵撝叔学北碑而尽取龙门诸品之长。其所佩服而谓为有天仙化人之妙的何子贞，是学颜平原而大加变化。——总归是要能变，变而能化，因有长期学习某一体之根柢，不至如无源之水，旋流即涸。亦可说是“神而明之，存乎其人”。

中国历史上是画家多呢，还是书家多？我想是书家比较多，许多书家，多为其学术事功所掩，不以书名。如王阳明，在明代已有人推其书足以传世（见《袁中郎集》），于今故宫博物院还可见一行书立轴，果然很好。但常人只尊重他的“良知”之学，或其次，佩服他用兵如神，很少人注意到他的书，亦可传世不朽。昔有一日我和一位画家，徐悲鸿，闲谈，我说：“南京鸡鸣寺上有四个字写得很好。”他即刻说：“是的，‘大悲楼阁’，欧阳竟无写的。”他早已留心到这个。然欧阳大师以佛学名世，字是他的余事，舍其主要学术不论，其余事亦很卓然。自来书以人重和人以书名的，何可胜数！那么，论及东西方文化交通，德国这一次书画展览，可谓第一次触到东方文化的深处了！

后落花诗（十二首）

徐梵澄

按：《后落花诗（十二首）》，选自《蓬屋诗存》，亦刊《徐梵澄文集》（第4卷）（上海三联书店、华东师范大学出版社，2006年2月版）。此前作者写有落花诗一首，故此诗名《后落花诗》。落花诗是中国古代文人时常写作的题材，民国时期不少文人雅士亦多有落花诗。

落花前人咏之已多，大抵流入感伤近于颓废。余因稍振起之，遣词不避俗熟，要使其意稍臻雅正，前有五古一首[1]，故此以后名。

繁英枝上斗秾华，舞阵风前散绮霞。
初坠绿茵迷粉蝶，乍惊红雨乱昏鸦。
青阳[2]已吐倾城艳，碧树空翻落照斜。
纵是飘零果何恨，又分春色到天涯。

香国何由定一尊，缤纷桃李两无言。
玉京仙子辞天阙，姑射山人出洞门。
词客素珍飞动意，画工难写别离魂。

胭脂染入沧浪水，点点愁痕漾梦痕。
似泪轻盈上客衣，每教思妇损容辉。
时因柳色青青见，细逐灵风款款飞。
一去碧山栖物外，旋临芳草送春归。
乘流止泊知何处，西塞洲前旧钓矶。

薇垣生小弄轻柔，嫁与东风不解愁[3]。
同梦意随箫史凤，有情人坠绿珠楼。
舞筵燕蹴翩云鹤，静树莺捎杂雨鸠。
宁趁芳时争蝶化，那堪枯瘁出墙头。

蕙带蓉裳岂幻身，泥涂随转任天真。
素衣有客迟行马，寒食无烟苦忆人。
蜀帝魂归啼杜宇，湘灵怨满泣斑筠。
三千年后蟠桃结，亦应跹跹化作尘。

旋旋娟娟历玉阶，苔纹屐齿并香埋。
琲珠发缀颓肩女，宝髯妆凝点额娃。
昼炫罗衣红似靥，宵明月砌雪为骸。
名园未许芳菲尽，别有鲜妍列凤钗。

护持端合系金铃，露染烟拖细雨零。
气焰渐销春索漠，年轮暗长绿沉冥。
医仙植树求秋实，渔父寻源逐幻形。
造物恩仁本无尽，梢头结子又青青。

常青应羡后凋松，香尽垂房亦继踪。
钩弋不生怜武帝，玉环长恨想玄宗。
踏歌每入诗人听，拾翠潜消玉镜容。
功果遂成身退隐，刍灵终古叹犹龙。

斜风细雨晓相过，因引缘牵别故柯。
借补旧巢劳燕羽，酿施新蜜贮蜂窠。
文章至竟归尘土，锦绣时教胃薜萝。
三十三年如梦觉[4]，东瀛春事已争多。

绛唇珠袖舞迎风，似赴云韶曲奏终。
此际情来俱脉脉，一年春去太匆匆。
时过等是朱颜老，蜕变俄惊绿发童。
扫尽残英萦逝影，几番惆怅夕阳中。

一片灵光入砚池，研笺[5]着色点凝脂。
尺书苏蕙频添锦[6]，丈室维摩不系词[7]。
春在句新伤劫后，玄都[8]咏好惜明时。
惊才绝艳都相称，最是河阳结去思[9]。

风定吟成比惠连[10]，才华咏絮更清妍。
本无言语随人圣，自有灵明见性天
呼起鸣鹳知欲雨，僮归啼鹃去如烟。
请因松竹为盟约，还我春光倍隔年。

注释

[1]“前有”句：《前落花诗》：“落花轻拍肩，独行悄已觉。霜星暗入鬓，岁月去悠邈。元化方无为，潜移固卓荦。劳生贵达观，仁智得其乐。吾怀信多非，不醉亦岳岳。默喜新雨后，万绿秀如濯。”

[2]青阳：春天。

[3]“嫁与”句：作者原注，阳永叔尝称张子野曰：“桃李嫁东风郎中。”

[4]“三十”句：作者原注，《三十三年落花梦》乃日本名著。

[5] 砑笺：压印有图画的信笺。

[6] 尺书：古代简牍的长度有一定规定，官书等长二尺四寸，书非经律者，短于官书，称为短书。苏蕙：晋女诗人。据《晋书·列女传》记载：苏蕙夫窦滔，苻坚时为秦州刺史，后被徙流沙。苏蕙思念不已，织锦为《回文璇图诗》以赠。

[7] 丈室维摩：相传维摩诘以称病为由，与前来问疾的文殊等讨论佛法，妙理贯珠。其卧疾之室虽一丈见方而能容纳无数听众。唐显庆年间，王玄策奉勒出使印度，过维摩诘故宅，乃以手板纵横量之，仅得十笏，因号方丈、丈室。不系词：不诉诸于言语。

[8] 玄都：指道观玄都观。在陕西省长安。唐刘禹锡被贬为朗州司马，十年后受召回京，有《元和十年自朗州至京戏赠看花诸君子》诗："玄都观里桃千树，尽是刘郎去后栽。"后又再度遭贬，十四年后回京，有《再游玄都观》诗："种桃道士归何处？前度刘郎今又来。"

[9] 河阳：黄河北岸。南朝梁江淹《别赋》："君居淄右，妾家河阳。"结去思：寄托离去之思念。

[10] 惠连：即谢惠连（406—433），南朝宋文学家。陈郡阳夏（今河南太康）人，出生于会稽（今浙江绍兴）。十岁能文，深得谢灵运的赏识，是谢灵运"四友"之一。谢灵运《登池上楼》中的名句"池塘生春草"，就是在梦中见到谢惠连而写出来的。代表作品有《雪赋》《祭古冢文》等。

向太阳

艾　青

艾　青

按：艾青（1910—1996），原名蒋正涵，字养源，号海澄，浙江金华人。1928年考入杭州西湖国立艺术院绘画系，不久在校长林风眠的鼓励下到巴黎勤工俭学，学习绘画，接触欧洲现代派诗歌。1933年第一次用笔名发表成名作长诗《大堰河——我的保姆》。1932年在上海加入中国左翼美术家联盟，从事革命文艺活动。著有诗集《大堰河》《火把》《黎明的通知》《北方》《向太阳》《旷野》《火把》《艾青诗选》《诗论》《论诗》及《新诗论》等。

1938年4月，艾青从战火蔓延的北方回到武汉，此时的武汉作为抗日民族解放战争的一个重镇，正轰轰烈烈地掀起保卫大武汉的群众性活动。艾青立即全身心地投入了这个显示着民族觉醒和战斗决心的现实世界，以激越而丰厚的情感创作了长诗《向太阳》，发表于1938年5月16日出版的《七月》第3集第2期（总第14期）。《向太阳》长四百余行，由九个各自独立又前后呼应的章节组成。是20世纪30年代艾青最长的一首诗。

从远古的墓茔
从黑暗的年代
从人类死亡之流的那边
震惊沉睡的山脉
若火轮飞旋于沙丘之上
太阳向我滚来……

——引自旧作《太阳》

（一）我起来

我起来——
像一只困倦的野兽
受过伤的野兽
从狼藉着败叶的林薮
从冰冷的岩石上
挣扎了好久
才支撑着上身
睁开眼睛
向天边寻觅……

我——
是一个
从遥远的山地
从未经开垦的山地
到这几千万人
　用他们的手劳作着
　用他们的嘴呼嚷着
　用他们的脚走着的城市来的旅客
我的身上

病痛的身上
深刻地留着
风雨的昨夜的
长途奔走的疲劳

但
我终于起来了

我打开窗
用囚犯第一次看见光明的眼
看见了黎明
——这真实的黎明啊
（远方似乎传来了群众的歌声）
于是　我想到街上去

（二）街上

早安呵
你站在十字街头
　车轮过去时
　举着白袖子的手的警察
早安呵
你来自城外的
　挑着满箩绿色的菜贩
早安呵
你打扫着马路的
　穿着红色背心的清道夫
早安呵
你提了篮子，第一个到菜场去的
　棕色皮肤的年轻的主妇

我相信
昨夜
你们决不像我一样
　被不停的风雨所追踪
被无止的恶梦所纠缠
你们都比我睡得好啊！

（三）昨天

昨天
我在世界上
用可怜的期望
喂养我的日子
像那些未亡人
披着麻缕
用可怜的回忆
喂养她们的日子一样

昨天
我把自己的国土
　当作病院
——而我是患了难于医治的病的
　没有哪一天
我不是用迟滞的眼睛
看着这国土的
　没有边际的凄惨的生命……
没有哪一天
我不是用呆钝的耳朵
听着这国土的
　没有止息的痛苦的呻吟

昨天
我把自已关在
精神的牢房里
四面是灰色的高墙
没有声音
我沿着高墙
走着又走着
我的灵魂
不论白日和黑夜
永远地唱着
一曲人类命运的悲歌

昨天
我曾狂奔在
阴黯而低沉的天幕下的
没有太阳的原野
到山巅上去
伏倒在紫色的岩石上
流着温热的眼泪
哭泣我们的世纪

现在好了
切都过去了

（四）日出

太阳出来了……
当他来时……
城市从远方

用电力与铜铁召唤他

——引自旧作《太阳》

太阳
从远处的高层建筑
——那些水门汀与铜铁所砌成的山
和那成百的烟突
成千的电线杆子
成万的屋顶
所构成的
密丛的森林里
出来了……

在太平洋
在印度洋
在红海
在地中海
在我最初对世界怀着热望
而航行于无边蓝色的海水上的少年时代
我都曾看着美丽的日出
但此刻
在我所呼吸的城市
喷发着煤油的气息
柏油的气息
混杂的气息的城市
躺开着金属的胴体
矿石的胴体
电火的胴体的城市
宽阔地
承受黎明的爱抚的城市

我看见日出
比所有的日出更美丽

（五）太阳之歌

是的
太阳比一切都美丽
比处女
比含露的花朵
比白雪
比蓝的海水

太阳是金红色的圆体
是发光的圆体
是在扩大着的圆体

惠特曼
从太阳得到启示
用海洋一样开阔的胸襟
写出海洋一样开阔的诗篇

凡谷
从太阳得到启示
用燃烧的笔
蘸着燃烧的颜色
画着农夫耕犁大地
画着向日葵

邓肯
从太阳得到启示

用崇高的姿态
披示给我们以自然的旋律

太阳
它更高了
它更亮了
它红得像血
太阳
它使我想起　法兰西　美利坚的革命
想起　博爱　平等　自由
想起　德谟克拉西
想起　马赛曲　国际歌
想起　华盛顿　列宁　孙逸仙
　　和一切把人类从苦难里拯救出来的
　人物的名字

是的
太阳是美的
且是永生的

（六）太阳照在

初升的太阳
照在我们的头上
照在我们的久久地低垂着
　不曾抬起过的头上
太阳照着我们的城市和村庄
照着我们的久久地住着
　屈服在不正的权力下的城市和村庄
太阳照着我们的田野，河流和山峦

照着我们的从很久以来
　到处都蠕动着痛苦的灵魂的
　田野，河流和山峦……
今天
太阳的眩目的光芒
把我们从绝望的睡眠里刺醒了
也从那遮掩着无限痛苦的迷雾里
刺醒了我们的城市和村庄
也从那隐蔽着无边忧郁的烟雾里
刺醒了我们的田野，河流和山峦
我们仰起了沉重的头颅
从濡湿的地面
一致地
向高空呼嚷
“看我们
我们
笑得像太阳！”

（七）在太阳下

“看我们
我们
笑得像太阳！”

那边
一个伤兵
支撑着木制的拐杖
沿着长长的墙壁
跨着宽阔的步伐
太阳照在他的脸上

照在他纯朴地笑着的脸上
他一步一步地走着
他不知道我在远处看着他
当他的披着绣有红十字的灰色衣服的
　高大的身体
走近我的时候
这太阳下的真实的姿态
我觉得
比拿破仑的铜像更漂亮

太阳照在
城市的上空

街上的人
这么多，这么多
他们并不曾向我打招呼
但我向他们走去
我看着每一个从我身边走过的人
对他们
我不再感到陌生

太阳照着他们的脸
照着他们的
　　光洁的，年轻的脸
　　发皱的，年老的脸
　　红润的，少女的脸
　　善良的，老妇的脸
和那一切的
　昨天还在惨愁着但今天却笑着的脸
他们都匆忙地
摆动着四肢

在太阳光下
来来去去地走着
——好像他们被同一的意欲所驱使似的
他们含着微笑的脸
也好像在一致地说着
“我们爱这日子
不是因为我们
看不见自己的苦难
不是因为我们
看不见饥饿与死亡
我们爱这日子
是因为这日子给我们
带来了灿烂的明天的
最可信的音讯。”

太阳光
闪烁在古旧的石桥上
几个少女——
那些幸福的象征啊
背着募捐袋
在石桥上
在太阳下
唱着清新的歌
“我们是天使
健康而纯洁
我们的爱人
年轻而勇敢
有的骑战马
有的驾飞机
驰骋在旷野
飞翔在天空……”

（歌声中断了，她们在向行人募捐）
现在
她们又唱了
　“他们上战场
　奋勇杀敌人
　我们在后方
　慰劳与宣传
　一天胜利了
　欢聚在一堂……”
她们的歌声
是如此悠扬
太阳照着她们的
　骄傲地突起的胸脯
和袒露着的两臂
和发出尊严的光辉的前额
她们的歌
飘到桥的那边去了……

太阳的光
泛滥在街上

浴在太阳光里的
　街的那边
一群穿着被煤烟弄脏了的衣服的工人
扛抬着一架机器
　——金属的棱角闪着白光
太阳照在
他们流汗的脸上
当他们每一步前进时
他们发出缓慢而沉洪的呼声
　“杭——唷

杭——唷
我们是工人
工人最可怜
贫穷中诞生
劳动里成长
一年忙到头
为了吃与穿
吃又吃不饱
穿又穿不暖
杭——唷
杭——唷
自从八一三
敌人来进攻
工厂被炸掉
东西被抢光
几千万工友
饥饿与流亡
我们在后方
要加紧劳动
为国家生产
为抗战流汗
一天胜利了
生活才饱暖
杭——唷
杭——唷……”
他们带着不止的杭唷声
转弯了……

太阳光
泛滥在旷场上
旷场上

成千的穿草黄色制服的士兵
　在操演
他们头上的钢盔
　和枪上的刺刀
闪着白光
他们以严肃的静默
等待着
　那及时的号令
现在
他们开步了
从那整齐的步伐声里
我听见
　“一！二！三！四！
　一！二！三！四！
　我们是从田野来的
　我们是从山村来的
　我们生活在茅屋
　我们呼吸在畜棚
　我们耕犁着田地
　田地是我们的生命
　但今天
　敌人来到我们的家乡
　我们的茅屋被烧掉
　我们的牲口被吃光
　我们的父母被杀死
　我们的妻女被强奸
　我们没有了镰刀与锄头
　只有背上了子弹与枪炮
　我们要用闪光的刺刀
　抢回我们的田地
　回到我们的家乡

消灭我们的敌人
敌人的脚踏到哪里
敌人的血流到哪里……
…………
一！二！三！四！
一！二！三！四！
…………

这真是何等的奇遇啊……

（八）今天

今天
奔走在太阳的路上
我不再垂着头
把手插在裤袋里了
嘴也不再吹那寂寞的口哨
不看天边的流云
不彷徨在人行道

今天
在太阳照着的人群当中
我决不专心寻觅
那些像我自己一样惨愁的脸孔了

今天
太阳吻着我昨夜流过泪的脸颊
吻着我被人间世的丑恶厌倦了的眼睛
吻着我为正义喊哑了声音的嘴唇
吻着我这未老先衰的

啊！快要佝偻了的背脊

今天
我听见
太阳对我说
　“向我来
　从今天
　你应该快乐些呵……”

于是
被这新生的日子所蛊惑
我欢喜清晨郊外的军号的悠远的声音
我欢喜拥挤在忙乱的人丛里
我欢喜从街头敲打过去的锣鼓的声音
我欢喜马戏班的演技
　当我看见了那些原始的，粗暴的，健康的运动
　我会深深地爱着它们
　——像我深深地爱着太阳一样

今天
我感谢太阳
太阳召回了我的童年了

（九）我向太阳

我奔驰
依旧乘着热情的轮子
太阳在我的头上
用不能再比这更强烈的光芒
燃灼着我的肉体

由于它的热力的鼓舞
我用嘶哑的声音
歌唱了：
　“于是，我的心胸
　被火焰之手撕开
　陈腐的灵魂
　搁弃在河畔……”
这时候，
我对我所看见 所听见
感到了从未有过的宽怀与热爱
我甚至想在这光明的际会中死去……

1938年4月在武昌

我爱这土地

艾　青

按：《我爱这土地》写于1938年11月17日，发表于同年12月桂林出版的《十日文萃》。1938年10月，武汉失守，日本侵略者的铁蹄猖狂地践踏中国大地。作者和当时许多文艺界人士一同撤出武汉，汇集于桂林。作者满怀对祖国的挚爱和对侵略者的仇恨写下了这首诗。

假如我是一只鸟，
我也应该用嘶哑的喉咙歌唱：
这被暴风雨所打击着的土地，
这永远汹涌着我们的悲愤的河流，
这无止息地吹刮着的激怒的风，
和那来自林间的无比温柔的黎明……
　　——然后我死了，
连羽毛也腐烂在土地里面。

为什么我的眼里常含泪水？
因为我对这土地爱得深沉……

国家有前途，艺术才有前途

莫　朴

莫　朴

按：莫朴（1915—1996），别名璞、丁甫、夏仁波，江苏南京人。曾参加“上海国难宣传团”，赴华北等地从事抗日救亡运动。1940年在淮南参加新四军，先后任教于鲁迅文学艺术学院、华北联合大学等校。擅长绘画、美术教育。出版有《莫朴画集》等。1949年起任国立艺术专科学校教授、绘画系主任，后任中央美术学院华东分院副院长，1980年至1983年任浙江美术学院院长。

《国家有前途，艺术才有前途》，原刊《新美术》1992年第2期，系美术史论系学生徐翎据对莫朴先生的采访录音整理而成。

毛主席《在延安文艺座谈会上的讲话》发表距今已有五十周年，那是在1942年5月讲的，1943年正式发表。我是1942年6月在淮北听到其中内容的，在此之前，我的思想上存在着不少想法，认识不清，极需要学习，听了《讲话》的部分内容后，对我很有帮助，只是感到十分遗憾，因为当时没有在延安。

去延安以前，无论是自己平时创作，还是在华东“鲁艺”教书，或是在后来的新四军军部“鲁艺”工作团工作，都关心过艺术如何发展的问题，有时也遇到学生提出的诸如“艺术的起源”

这一类基本问题，由于自己理解也不深，故而很难回答。所以到1943年时，新四军军部组织一部分干部去延安，我能随着去了延安，非常兴奋。1943年中秋以后到达延安，这时《讲话》已正式发表，我被分配在“鲁艺”边学习边工作。

1943年时的陕甘宁边区在党中央关于“自己动手，仁衣足食”的号召下，开展了大生产，许多人投身到大生产中去，纺线、织布、种地，干得热火朝天。边区人民和机关、部队的生活也大为改善了，文艺界在《讲话》精神的鼓舞下，开始活跃起来。这时除了木刻随着报刊需要，得到很好的发展和提高外，各处还需要各种画。在前方我原先也作些木刻，到延安后，因适应当时的要求，便开始作画，常和王式廓、罗工柳、汪占非等一起画马、恩、列、斯、毛、朱等领袖像，没有油画颜料，就用红、黄、蓝、白、黑几色石印油墨画。后来还用染衣服染线的玫瑰红、洋红、洋绿等染料画年画、连环画，反映大生产中的劳模事迹和毛主席接见农民诗人这一类事件，以配合边区生产建设成就展览。虽然材料不正规，效果还不坏，画多了也比较得心应手。

1944年来，大家画了不少年画。我是搞石印的，作了八开报大小的《平型关之战》《火烧阳明堡》两幅画，除黑白版外还有蓝红黄三色版，是和印刷厂工人同志合作的。这些题材为抗日军民所喜闻乐见，颜色也比较浓艳，符合边区人民的审美观点，因此印出来很受欢迎，艺术家也受到鼓舞，创作积极性很高。其它如音乐界、戏剧界学习民间艺术，创作了《白毛女》《兄妹开荒》等优秀剧目，历演不衰。

这个阶段文艺界的活跃是有前提的，正如前面所说大生产卓有成效，经济条件好转，大家在思想上经过整风，认识上取得进一步提高，以及整个抗战形势从困难时期开始转入胜利发展时期有关，这个阶段所表现出来延安军民的精神，富有希望和生命力的革命斗志以及鼓舞人民积极向上的精神，都在当时的艺术作品中得到反映。当然，这些创作活动也反映了为什么人的问题，包括如何为法的问题，我对主席的《讲话》体会最深的，就是不管是画什么画，重要的是如何用新的内容、新的思想感情来画，而这新的内容、新的思想感情是离不开人民的，还需要深入生活，需要创作者向人民靠拢，去理解人民。

现在看来，当时的作品在技法上有的较粗糙，但的确具有生命力。有些同志不了解当时情况，或只知道一些消极的东西，不能正确看待历史上不尽如人意的情况，甚至否定过去，那是不对的。学习《讲话》，这需要同整个国家的历史相联系起来，要看到其中最本质的。必须清楚的是，只有国家有前途，艺术才会有前途。

诚然，在中华人民共和国成立以来我们虽走过一段弯路，但最终纠正过来了。并且“改革开放”以来，国家经济建设突飞猛进，办学条件较以前好多了，正是艺术家和美术教育工作者大展身手的时候。现在的教育工作必须深入实践，应该鼓励学生真正到人民群众中去，在经济建设和社会实践中帮助他们真正理解马列主义。马列主义基本的东西是无论任何时都必须认真对待的。只要深入地实践过，他们就会认识到艺术离不开国家，离不开人民。国家的繁荣昌盛，才会使艺术得到发展。

我们的国家还年轻，虽然有缺点，有不足之处，但一切毕竟是在前进着，而且国家在发展中会不断纠正错误和克服缺点。这在过去已有证明。我们的国家也有认识和改正错误的能力和决心。发展是必然的趋势，延安时期是这样，现在也是这样。《讲话》要求文艺工作者为祖国服务，为人民服务，为现实服务，这是千真万确的。我们何患艺术会没有前途呢？国家有前途，我们的艺术必然有前途。

望尽天涯路

——记我的艺术生涯

吴冠中

吴冠中

按：吴冠中（1919—2010），江苏宜兴人，擅绘画、美术教育、诗文，著有《吴冠中谈艺集》《吴冠中散文选》《美丑缘》《吴冠中全集》等。1934年入读浙江大学代办的工业学校电机科，1936年入国立杭州艺术专科学校习西画，兼学中国画及水彩画。1937年因抗日战争随学校内迁，1942年毕业。1946年公费赴法国留学，入巴黎国立高等美术学校习油画。

《望尽天涯路——记我的艺术生涯》，原刊《人民文学》1982年第10期。

1982年春天的一个下午，我和秉明走进巴黎私立的业余美术学校“大茅屋”。

三十年前，我每天上午到巴黎美术学院学习，下午参观博物馆、画廊，到鲁弗尔美术史学校听课，晚间除去补习法文的时间外，便总是在这里画人体速写。

“大茅屋”虽非茅屋，也确是简陋的，但这里麇集着世界各国的艺术家，男女老少，人头济济，还是老样子，旧气氛。只是我没带画夹，也忘掉流失了的三十年岁月。

出了“大茅屋”，我们进入附近一家小咖啡店，也是三十年前常去的老店，相对坐下，额头的皱纹对着额头的皱纹，昔日的同窗已是两个年过花甲之人。雕刻家熊秉明现任巴黎大学东方语言文化学院中文系的主任，我呢，是以中国美术家代表团团长的身份，刚访问了西非三国，路经巴黎返国。我总不忘记秉明讲过的一个故事，说有三个寓居巴黎的俄国人，他们定期到一家咖啡店相聚，围着桌子坐下后，便先打开一包俄国的黑土，看着黑土喝那黑色的咖啡。我很快意识到忘了带一包祖国的土，那撒进了周总理骨灰的土！我立即又自慰了，因我很快就要飞回北京，而秉明近几年来也曾两度返国。

那是多年前的事了，他写信告诉我，他将自己的寓所题名“断念楼”。在恋爱纠纷中，爱憎的交错中，人们也许下过断念的决心，但对母亲，对祖国之爱，真能断念吗？我复信偏偏直戳他的痛处：“楼名断念，正因念不能断也！”

留在巴黎的老同学不止秉明。还有法学博士志豪、史学家景权及著名画家无极和德群等，他们都各自做出了贡献，为祖国争得了荣誉。秉明问：“如果你当年也留在巴黎，大致也走在无极、德群他们的道路上，排在他们的行列里，你满意吗？”我微微摇头，秉明也许知道我会摇头，这摇头的幅度远及三十年，六十年！

1946年，我和秉明等四十人考取了留法公费，到巴黎学习。我曾打算在国外飞黄腾达，不再回没有出路的旧中国。凭什么站住脚跟呢？凭艺术，为艺术而生是我当时的惟一愿望。花花世界的豪华生活于我如浮云，现代艺术中敏锐的感觉和强烈的刺激多么适合我的胃口啊！我狂饮暴食，一股劲地往里钻。鲁迅说，吃的是草，挤的是奶。但当我喝着奶的时候却挤不出奶来，我渐渐意识到：模仿不是艺术，儿童和鹦鹉才学舌。虽然水仙不接触土壤也开花，我却缺乏水仙的特质，感到失去土壤的空虚。当别人画圣诞节时，我想端午节，耶稣与我有什么相干！虽然我也没有见过屈原，但他像父亲般令我日夜怀念……我不是一向崇拜梵高、高更及塞尚等画家吗？为什么他们都一一离开巴黎，或扎根于故乡，或扑向原始质朴的乡村、荒岛？我确乎体验到了他们寻找自己灵魂的苦恼及其道路的坎坷。我的苦闷被一句话点破了："缺乏生活的源泉。"

憎恨过政治腐败、生产落后的旧中国的游子怀乡了！故乡的父老兄妹是可亲的，可惜他们全都看不懂我的艺术，无知是他们的罪孽吗？贫穷绝不是他们的过错。我们画室来了一个体态美丽的女模特儿，受到大家的赞扬，但只画了三天便旷课不来了，别人说她投塞纳河自杀了。谁知她为什么自杀？但我眼前却浮现了童年见过的几个上吊和投河的青年女尸，她们原都是我认识的美丽的好人。

回想当年离开上海到欧洲去，是搭的美国海轮，船将抵意大利的拿波里港，旅客们将登岸换火车。船上头、二、三等舱的旅客纷纷给服务员小费，一二十美元的小费人家看不上眼，我们四等舱里的中国留学生怎么办？开个紧急会，每人出一二元，集成数十元，派个代表送给服务员，人家美国人说，不要我们四等舱里中国人的小费。有一年暑假我在伦敦度过，经常乘坐那种二层楼似的红色汽车，那车中售票员挂着皮袋，售票的方式同今天北京的情况仿佛，也同时用硬币和纸币。有一回我用一个硬币买了票，身旁一位胖绅士接着拿出一张纸币买票，售票员将刚才我买票的那个硬币找补给他，他轻蔑地摇摇头，售票员只好另换一个补给他。

巴黎美术学院与鲁弗尔博物馆只隔一条塞纳河，一桥相通，趁参观人少的时候，我们随时可进馆去细读任何一件杰作。我一人围着米洛的维纳斯转，转来又转去，正好没有什么人参观，静悄悄的，似乎可以同爱神交谈哩。大腹便便的管理员向我姗姗踱来，我想他大概闲得发慌，来同我谈谈艺术解闷吧，便笑脸相迎。他开口了："在你们国家哪有这样珍贵的东西！"我因缺乏急中生智的才华而受惯了闷气，这回却突然开窍了："这是你们的东西吗？这是希腊的，是被强盗抢走的。你们还抢了我们祖先的脑袋，吉美博物馆[1]里的中国石雕头像是怎样来的？"

1982年从巴黎返国后，我又去了西安，在霍去病墓前，在秦俑坑前，在碑林博物馆的汉唐石雕前，我想号啕痛哭，老伴跟随我，还有那么多观众，我不敢哭。哭什么？哭它太伟大了，哭老鹰的后代不会变成麻雀吧！

我的老家在宜兴县的农村，家里有十余亩水田，父亲是乡村小学教员，本来还可成小康之家吧，但弟弟妹妹有七八人，生活就很不容易，我必须外出寻找生路，去念不用花钱的无锡师范。为了节省路费，父亲向捕鱼为生的姑夫借了他家的小小渔船，同姑夫两人摇船送我到无锡去投考。招生值暑天，为避免炎热，夜晚便开船，父亲和姑夫轮换摇橹，让我在小舱里睡觉。但我也睡不好，因确确实实已意识到考不取的严重性，自然更未能领略到满天星斗，小河里孤舟缓缓夜行的诗画意境。小船既节省了旅费，又兼作宿店和饭店，船上备一只泥灶，自己煮饭吃。但船不敢停到无锡师范附近，怕被别的考生及家长们见了嘲笑。从停船处走到无锡师范，有很长一段路程，经过一家书店。父亲曾来此替小学里买过一架风琴，认得店里的一位伙计，便进去问路。那伙计倒还算热情，引我们到路口代叫了一辆人力车。因事先没讲好价，车夫看父亲那土佬儿模样，敲了点竹杠，父亲为此事一直唠叨不止，怨那伙计："见鬼，我要坐车何必向他问路，坐车哪有不先讲价钱的！"

老天不负苦心人，他的儿子考取了。送我去入学的时候，依旧是那只小船，依旧是姑夫和他轮换摇船，不过他不摇橹的时候，便抓紧时间为我缝补棉被，因我那长期卧病的母亲未能给我备齐行装。我从舱里往外看，他那弯腰低头缝补的背影挡住了我的视线。后来我读到朱自清先生的《背影》时，这个船舱里的背影便也就分外明显，永难磨灭了！不仅是背影时时在我眼前显现，鲁迅笔底的乌篷船对我也永远是那么亲切，虽然姑夫小船上盖的只是破旧的篷，还比不上绍兴的乌篷船精致。庆贺我考进了颇有名声的无锡师范，父亲在临离无锡回家时，给我买了瓶汽水喝，我以为汽水必定是甜甜的凉水，但喝到口，麻辣麻辣的，太难喝了。店伙计笑了："以后住下来变了城里人，便爱喝了！"然而我至今不爱喝汽水。

师范毕业当个高小的教员，这是父亲对我的最高期望。但师范生等于稀饭生，同学们都这样自我嘲讽，我终于转入了极难考进的浙江大学代办的工业学校电机科，工业救国是大道，至少毕业后职业是有保障的。幸乎？不幸乎？由于一些偶然的客观原因，我接触到了杭州艺专，疯狂地爱上了美术。正值那感情似野马的年龄，为了爱，不听父亲的劝告，不考虑今后的出路，毅然转入了杭州艺专。下海了，从此陷入茫无边际的艺术苦海，去挣扎吧，去喝那一口一口失业和穷困的苦水吧！我不怕，只是不愿父亲和母亲看着儿子落魄潦倒。我羡慕没有父母、没有人关怀的孤儿、浪子，自己只属于自己，最自由，最勇敢。抗日战争爆发了，我随艺校迁到内地去，与沦陷区的家乡从此音信断绝，真的成了浪子，可以尽情地、紧紧地拥抱我将为之献身的艺术了。

“水往低处流，人往高处走”。青年人总是不安于自己的现状。我已经当了大学的助教，已经超出了父亲的当小学教员的最高期望。大学校长在一次助教会议上说：“助教不是职业，只是前进道路中的中转站……”当时确实没有白胡子助教，要么早已改行了。留学！这是助教们惟一的前程，夜深沉，我们助教宿舍里灯光不灭，这里是名副其实的留学生预备班。我的老师们大都是留法的，他们谈起过勤工俭学的留学生涯，也有因没有路费便到海轮上充当水手混出国的，自然这也便是我追踪的一条窄路了。没有钱，只要能出了国，便去做苦工，或过那半流浪式的生活，一切为了至高无上的艺术！但要混，首先要通法语，否则怎么混得下去呢？后来我才知道，不通法语混下去的“留学生”也还是有的，那就是靠了娘、老子给的许多许多的钱。我于是下决心攻读法文。在艺术学校时奋力钻研艺术技巧，对法语学得很马虎。亡羊补牢，犹未为晚，我利用沙坪坝大学区的有利环境，到中央大学外文系旁听法文，同时兼听初、中及高级班法文，饿得慌啊！经人介绍认识了焦菊隐先生，跟他补习法文；又经人介绍认识了近郊天主堂里的法国神父，只要他约定了时间，无论是鹅毛大雪或是暴雨之夜，泥泞滑溜的羊肠小道，从未能迫我缺一次课。精力还有剩余，到重庆旧书店里搜寻到一批脏旧破烂的法文小说，又找来所有的中文译本，开始逐字逐句对照着读，第一本读的是《茶花女》，其后是《莫泊桑小说选》《包法利夫人》《可怜的人们》……书读了高高一堆了，每读一页，往往得花上半个小时以上的时间，手里一直捏着那本已被指印染得乌黑乌黑的字典。当时吃的糙米饭里满是沙子、稗子、碎石子，人称“百宝饭”，吃饭时边吃边捡，全神贯注，吃一碗饭要花许多工夫。我突然发觉，这与我读法文捡生字时是多么相似！捡，捡，那一段捡生字和沙子的生活多值得怀念啊！

喜从天降，日本投降了。此后不久，教育部考选送欧美的公费留学生，其中居然有两个绘画名额，我要拼命夺取这一线生机。我的各门功课考得都较满意，惟有解剖学中有关下颌骨的一个小问题答得有些含糊，为此一直耿耿在怀，闷闷不乐。到沙坪坝街头去看耍把戏解解愁吧，那卖艺人正摆开许多虎骨和猴头，看到那白惨惨的猴头下颌骨，真像箭矢直戳心脏似的令我痛心！直到几个月后，留学考试发榜，我确知被录取了的时候，这块可恶的下颌骨才慢慢在我心头松软下去。

我到了巴黎了，不是梦，是真的，真的到了巴黎了。头三天，我就将鲁弗尔博物馆、印象派博物馆和现代艺术馆饱看了一遍，我醉了！然而我的黄皮肤和矮小个儿，那一身土里土气的西装，受不到人们的尊敬。虽说明显地表示蔑视的事例不算太多，但触及自尊，谁不敏感呢！有一回我到意大利偏僻的小城西乙那去看文艺复兴早期的壁画，在街头，有一个妇女一见我便大惊失色地呼叫起来。她大概是乡下人，从未见过东方人，她的惊恐中没有蔑视和恶意，但通过她这面镜子，我还是有自知之明的。我用人家的语言同人家谈话，说得不如人家流畅，自己很感别扭，心情不舒畅。在国内，我曾以能讲点法语为荣，在巴黎，反因为什么都不能用自己的语言同人谈话，感到低人一等！留学，留学，留在异邦，学人家的好东西，那些好东西自己没有，委屈些吧，忍气吞声也要学到手。我曾利用假期，两次到意大利参观博物馆，却一回也没有进过餐厅。面包夹香肠比重庆的百宝饭要高级多了，但找个躲着吃的地方却不太容易。

半年，一年，我首先从同学和老师处逐渐地得到真心实意的尊重和爱护。绘画这种世界语无法撒谎，作品中感情的真、假、深、浅是一目了然的，这不是比赛篮球，个儿高的未必是优胜者。那是在三年公费读完的时候，苏弗尔皮教授问我：要不要他签字替我申请延长公费？我说不必了，因我决定回国了。他有些意外，似乎也有些惋惜。他说：“你是我班上最好的学生，最勤奋，进步很大，我讲的你都吸收了。但艺术是一种疯狂的感情事业，我无法教你……你确乎应回到自己的祖国去，从你们祖先的根基上去发展吧！”教授感到意外是必然的，我原计划还要住下去，如今改变初衷，突然决定回国，也出乎自己的意料。天翻地覆慨而慷，从异邦看祖国，别人说像是睡狮醒来了。不，不是睡狮之醒，是多病的母亲大动手术后，终于恢复健康了。我已尝够了孤儿的滋味，多么渴望有自己健康长寿的母亲啊！那时，解放区的两位女代表在巴黎一家咖啡店里，同我们部分留学生相见，张挂起即将解放的全国形势图，向我们讲解共产党对知识分子的政策，欢迎我们日后回国，参加新中国的建设。形势发展得很快，待到中华人民共和国成立时，我们在学生会里立即挂起了五星红旗。于是学生会与国民党的大使馆之间展开了激烈的斗争，国民党的大使曾以押送去台湾来威胁我们，但不久使馆里的好几位工作人员起义支援学生了。形势发展很快，在我们留学生的脑海中，也掀起了波涛，回不回国的问题像一块试金石，明里暗里测验着每个人对祖国的感情。回去？巴黎那么好的学习环境，不是全世界艺术家心目中的麦加吗，怎能轻易离开？何况我只当了三年学生，自己的才华还未展露，而且说句私房话，我这个黄脸矮个儿中国人，有信心要同西方的大师们来展开较量！不，艺术的较量不凭意气，脚不着地的安泰[2]便失去了英雄的本色，我不是总感到幽灵似的空虚吗！回去，艺术的事业在祖国，何况新生的祖国在召唤，回去！我已经登上归国的海轮了，突然又后悔了，着急起来，急了一身汗，醒来原是一梦。啊，幸而我还睡在巴黎！过几个月，还是决定要回去，终于登上海轮了，确实登上了海轮，绝不是梦了，那是1950年夏天。

归航途中，游子的心情是复杂的，也是朦胧的，我情不自禁地在速写本的空白处歪歪斜斜记下了一些当时的感受，且录一首：

我坐在船尾，
船尾上，只我一人。
波涛连着波涛，
一群群退向遥远。
那遥远，只是茫茫，没有我的希望。
猛记起，我正被带着前进！
落日追着船尾，
在海洋上划出一道斜辉，
那是来路的标志……

我并不总坐在船尾，而更多地憧憬着来日的艺术生涯。河网纵横的家乡，过河总离不开渡船，压弯了背的大伯，脸上有伤疤的大叔，粗手笨脚的大婶，白胡子老公公，多嘴的黄毛丫头……还有阿Q吧，他们往往一起碰到渡船里来了，构成了动人心魄的画面。我想表现，表现我那秀丽家乡的苦难乡亲们，我想表现小篷船里父亲的背影和摇橹的姑夫，我想表现……我想起了玄奘在白马寺译经的故事，我没有取到玄奘那么多经卷，但我取到的一些造型艺术的形式规律，也是要经过翻译的，否则人民的大多数不理解。这个翻译工作并不比玄奘的容易，需要靠实践来证明什么是精华或糟粕，我下决心走自己的路，要画出中国人民喜爱的油画来，靠自己的脚印去踩出这样一条路。

到北京了，我这个生长于南方的中国公民还是第一次见到北京。在北京天安门的观礼台上，我看到第一个国庆节日浩浩荡荡的游行队伍。我这矮个儿拔高了，我的黄脸发红光了。我被分配到中央美术学院任教，我多么想将西方学来的东西倾筐似地倒个满地，让比我更年轻的同学们选取。起先，同学们是感兴趣的，多新鲜啊，他们确确实实愿意向我学习。过了一年多，文艺整风了，美术学院首先反对“形式主义”，说我是形式主义的堡垒，有人直截了当地提出，要我学了社会主义的艺术再来教课。社会主义的艺术到哪里去学？我不知道，大概是苏联吧！说来惭愧，当我给同学们看过大量彩色精印的世界古今名家专集后，他们问有没有列宾的，我不觉一怔，列宾是谁？我不知道。我曾以为自己几乎阅尽世界名作，哪有连名字都不知道的大画家呢！查法文的美术史，其中提到列宾的只寥寥几行，我的知识太浅薄了！有一天，在王府井外文书店见到一份法兰西文学报，头版头条大标题介绍列宾，这报刊我在巴黎时常看，感到很亲切，便立即买回家读。那是著名的进步诗人阿拉贡写的介绍，文章头一句便说："提起列宾，我们法国的画家恐怕很少人知道他是谁。"啊！是这么回事，我几乎要以此来原谅自己的孤陋寡闻了！我所介绍的波提切利、夏凡纳、塞尚、凡·高、高更……同学们一无所知，但他们也很想了解。然而有人说我是在宣扬资产阶级的形式主义，并说自然主义只是懒汉，而形式主义才是真正的恶棍，对恶棍不只是应打倒的问题，要彻底消灭。造型艺术中的形式问题，没有人认真研究。什么是形式主义，谁也不敢去惹。在那些"无产阶级立场坚定"的人的眼里，我这个从资本主义国家留学回来的"资产阶级知识分子"，满身是毒素，他们警惕地劝告同学们别中我的毒。我终于被调到清华大学建筑系，教教水彩之类偏于"纯技法"的绘画课程。后来又离开清华，到艺术学院任教，那已是提出"双百"方针的时候了。

我被调出美术学院，不只因教学观点是属于资产阶级的，还有创作实践中的别扭与苦恼。连环画、宣传画、年画……我搞不好，硬着头皮搞，心情并不舒畅。我努力想在油画中表现自己的想法，实现归国途中的憧憬，但有一个紧箍咒永远勒着我的脑袋——"丑化工农兵"。我看到有些被认为"美化了工农兵"的作品，却感到很丑。连美与丑都弄不清，甚至颠倒了。据说那是由于立场观点的不同，惟一的道路是改造思想。我真心诚意地下乡下厂，与工农群众同吃同住，吃尽苦中苦，争做人中人。劳动，批判，改造；再劳动，再批判，再改造，周而复始地锻炼，直到"文化大革命"。我想自己是改造不好的了，不能再表现我触摸过他们体温的乡亲们，无法歌颂屈原的子孙了！但我实在不能接受别人的“美”的程式，来描画工农兵。逼上梁山，这就是我改行只画风景画的初衷。

潘光旦先生在思想改造汇报中写过的几句话，我一直忘不了，因为写得真实：“农民看到我用的手帕，以为是丝的（其实是布的），我很难过。他们辨出我抽的烟丝同他们抽的原来是一样的，我感到高兴。”我住在农民家，每当我作了画拿回屋里，首先是房东大娘大嫂们看，如果她们看了觉得莫名其妙，她们绝不会批判，只诚实又谦逊地说：“咱没文化，懂不了。”但我深深感到很不是滋味！有时她们说，高粱画得真像，真好。她们赞扬了，但我心里还是很不舒服，因我知道这画画得很糟，我不能只以“像”来欺蒙这些老实人。当我有几回觉得画得不错的时候，她们的反应也强烈起来：“这多美啊！”在这最简单的“像”与“美”的评价中，我体会到了农民们朴素的审美力，文盲不一定是美盲。而不少人并非文盲，倒确确实实是美盲，而且还自以为代表了工农兵的审美与爱好。1982年我去了华山，在华山脚下，有些妇女在卖自己缝制的布老虎，那翘起的尾巴尖上，还结扎着花朵似的彩线，很美。我正评议那尾巴的处理手法，她解释了：“不一定很像，是看花花么，不是看真老虎！”

我并不以农民的审美标准作为惟一的标准，何况几亿农民也至少有千万种不同的审美趣味吧。我并没有忘记巴黎的同学和教授，我每作完画，立刻想到两个观众，一个是乡亲，另一个是巴黎的同行老友，我竭力要使他们都满意。有人说这不可能，只能一面倒，说白居易就是雅俗共赏的追求者，因之白诗未能达到艺术的高峰。但我还是不肯一面倒，努力在实践中探寻自己的路，不过似乎有所侧重，对作品要求群众点头，专家鼓掌。

“搜尽奇峰打草稿”。三十个寒暑春秋，我背着沉重的画具踏遍水乡、山村、丛林、雪峰，从东海之角到西藏的边城，从高昌古城到海鸥之岛，住过大车店、渔家院子、工棚、破庙……锻炼成一种生理上的特异功能。当我连续作画一天时，中间可以不吃不喝，很多朋友为我这种工作方式担心，有时中间勉强我吃一个馒头，结果反倒要闹消化不良的毛病。我备的干粮，总是在作完画回宿处时边走边啃，吃得很舒服。那才是西太后的窝窝头呢。饮食无时学走兽，我特别珍惜这可贵的生活能耐，这是我三十年江湖生涯中所依靠的“后勤部长”啊，如今齿危兮，发斑白，怕我这位忠心耿耿的“后勤部长”亦将退休了！“旅行写生”一词，本不含有什么恶意或贬义，只在“文化大革命”中被批判为“游山玩水”。但我一向很不喜欢称我的工作为“旅行写生”。我不是反对别人在游山玩水中同时写生，只是我自己从未体验过边旅行边写生的轻松愉快。1959年酷热的夏天，我利用暑假，自费到海南岛去，背着数十公斤的油画材料和工具，坐硬座车先到广州。火车晚点，抵广州时已是晚上十点来钟，站上排着好几条长长的队伍，我两肩背着，两手提着笨重的行李，一步一步挪动着排在队尾，弄不清队头的情况，只好全凭别人的指点。我不懂广东话，别人给我比划，到底还是弄错了，排了半个多小时的队，才看出我原来是排在买西瓜的行列里。于是重新排入登记旅店的队，再排乘坐三轮的队，及至抵达遥远的一家小旅店时，店主人说没有空床。我说是登记处指定来住的，他说那是昨天的空床，此刻已是凌晨一点多了。从广州返回北京时，我的行李已变成大包的油画，画在三合板上，油色未干透，画与画之间留有空隙，千万不可重压，但行李架上已积压得满满的了。无可奈何，只好将画安置在自己的座位上。我从广州站到北京，站肿了腿，但油画平安无恙地到家了，我很满意。

“四人帮”倒台后，我的情况好起来，我被邀请出去作画和讲学的机会多起来，坐飞机、坐软卧，而且当地总有不少美术工作者照顾着，陪同下去作画，有时还有摄影工作者跟着，拍摄我作画的镜头。我很不喜欢那些表现画家作画的镜头，绝大多数都是装腔作势，反使观众误解画家的工作。风和日丽的好天气，一群人前呼后拥地围着我一同到野外写生，摄影师忙开了，要我这样、那样地摆姿势，有时我正工作紧张，连蚊子咬在手臂上都抽不出手去拍打，可我却往往要为摄影而变换位置。

1979年的冬末，我在大巴山中写生，冒着微雨爬上高山之巅，去画那俯视下的一片片明镜似的水田。天寒手冻，居然还有一位青年女画家罗同志坚持着跟我上山。我们在公路边选定角度，路边的小树尚未发芽，便将伞扎在它瘦瘦的躯干根部，勉强遮着点画面和调色板，人蹲着画，张开着双臂的背又从另一面保护了画面。细雨不停，我们的背湿透了，手指逐渐僵硬起来。这都不算什么，最怕那无情的大卡车不时在背后隆隆驶过，激起泥浆飞溅。快！我们像飞机轰炸下掩护婴儿的妈妈，急忙伏护画面，自己的背上却被泥浆一再地挥写、渲染，成了抽象绘画。真可惜，这时却没有跟踪的摄影师！

我之不喜欢“旅行写生”这名词，不仅是由于它会令人误以为写生是轻松的旅行，更由于它是对写生的实质的一种误解，“旅行写生”不意味着只是图画的游记吗？最近有人问我对文人画的看法，我说文人画有两个特点，一是将绘画隶属于文学，重视了绘画的意境，是其功，但又往往以文学的意境替代了绘画自身的意境，是其过；另一特点是所谓笔墨的追求，其实是进入了抽象的形式美的探索，窥见了形式美的独立性。由于对西方现代艺术的爱好，我重视形象及形式本身的感染力，鱼和熊掌都要。我不满足于印象派式地局限于一定视觉范围内的写生，我也不满足于传统山水画中追求可游可居的文学意境。我曾长期采用在一幅画中根据构思到几个不同地点写生的方式组织画面，我谓之“边选矿，边炼钢”。目的是想凭生动的形象来揭示意境。多数群众从意境着眼，他们先听歌词。而对美术有较深修养的专家则重视形式，分析曲谱。作者呕心沥血，在专家与群众之间沟通，三十年过去了，三十年功过任人评说。

我本来年年背着画箱走江湖，而“文革”期间，在部队管理下劳动的那几年中，每天只能往返于稻田与村子间，谈不上“旅行写生”了。但背朝青天、面向黄土的生活，却使我重温了童年的乡土之情。我先认为北方农村是单调不入画的，其实并非如此，土墙泥顶不仅是温暖的，而且造型简朴，色调和谐，当到家家小院开满了石榴花的季节，燕子飞来，又何尝不是桃花源呢！金黄间翠绿的南瓜，黑的猪和白的羊，花衣裳的姑娘，这种纯朴浑厚的色调，在欧洲画廊名家作品里是找不到的。每天在宁静的田间来回走好几趟，留意到小草在偷偷地发芽，下午比上午又绿得多了，并不宁静啊，似乎它们也在紧张地奔跑哩。转瞬间，路边不起眼的野菊，开满了淡紫色的花朵，任人践踏。我失去了作画的自由，想起留在巴黎的同行，听说都是举世闻名的画家了，他们也正在自己的艺术田园里勤奋耕作吧，不知种出了怎样的硕果，会令我羡慕、妒忌、痛哭吧！没有画笔，我在脑子里默写起风景诗来：

村外，水渠纵横，
路边，苇塘成片……

我的诗情画意突然被一件意外的事情击个粉碎。由于我的痔疮严重起来，走路困难，让我留在村子里副业组养鸭。感谢领导的照顾，我工作格外兢兢业业。但偏偏有一只黄毛乳鸭突然死了，有人说我心怀不满，打死鸭子是阶级报复，于是解剖小鸭，说内脏无病，只头骨有青色，证明是打死的。指导员根据“无产阶级立场坚定者”的汇报，要我向群众检查打死鸭子的思想根源。天哪，我怎能打鸭子呢？但像我这样资产阶级立场的人，讲话只能算是顽抗，指导员要发动全连批判我。夜晚，我这一向不哭泣的人落泪了，睡在同一炕上的同学劝慰我，我说这简直是《十五贯》。第二天，这位同学用不平的口吻在群众中评议此事，并又重复了我引的《十五贯》比喻。指导员又把我叫到连部，我以为他可能发现了自己的武断与粗暴，要同我谈谈思想了吧！然而他更加愤怒了，声色俱厉地责问我说过了什么，我愕然了。他盛怒之下卷了卷衣袖：“老子上了《水浒传》了！”我更摸不着头脑，他看我确是尚未开窍，补充道：“《十五贯》不是《水浒传》吗？你以为只你聪明，我没有看过吗！”但他终于没有能发动起全连对我的批判会，因绝大部分党员和群众都主张先调查研究。

在部队劳动锻炼的末期，有一些星期日允许我们搞点业务，可以画画了。我托人捎来了颜料和画笔，但缺画布。在村子里的小商店，我买到了农村地头用的轻便小黑板，是硬纸压成的，很轻，在上面刷一层胶，就替代了画布。老乡家的粪筐，那高高的背把正好作画架，筐里盛颜料什物，背着到地里写生，倒也方便。同学们笑我是“粪筐画家”，但仿效的人多起来，形成了“粪筐画派”。星期日一天作画，全靠前六天的构思。六天之中，全靠晚饭后那半个多小时的自由活动。我在天天看惯了的、极其平凡的村前村后去寻找新颖的素材。冬瓜开花了，结了毛茸茸的小冬瓜。我每天傍晚蹲在这藤线交错、瓜叶缠绵的海洋中，摸索形式美的规律和生命的脉络。老乡见我天天在瓜地里寻，以为我大概是丢了手表之类的贵重东西，便说：“老吴，你丢了什么？我们帮你找吧！”1973年前后，我回到北京，打开锁了多年的凶宅似的宿舍，老伴和下乡插队的孩子们也陆续返回。我在自己的家里作起画来，不必再提心吊胆。我又开始走江湖，拥抱大好河山，新作品又一批批诞生了。然而好景不长，“黑画”风波又起，我将自己的画分成许多包分散地藏到与美术界无关系的亲友家去。心想，也许等我火葬后，它们将成为出土文物吧！

真正能心情舒畅地作画，那是在“四人帮”被粉碎以后了。家里画不开大幅油画，画了也无法存放，我便同时用宣纸作起大幅水墨画来，画后便于卷折存放。在油画中探索民族化，在水墨中寻求现代化，我感到是一件事物之两面，相辅相成，艺术本质是一致的。1979年，我的个人画展在中国美术馆举行，展出的油画和水墨画便是我探索的杂交品种。我不否认是艺术中的混血儿。有人爱纯种，说油画要姓油，国画要姓国，他们的理由与爱好，谁也干预不得，但在东、西方艺术之间造桥的人却愈来愈多，桥的结构日益坚固，样式也日益新颖，我歌颂造桥派！

刘姥姥进大观园，长期与外界隔膜，突然回到三十年前的学习旧地巴黎，在现代艺术的光怪陆离中，有时感到有些眼花缭乱，有时又不无一枕黄粱之叹！看了非洲的、美洲的、日本的、南斯拉夫的与菲律宾等等的现代艺术，感到欧美现代艺术确是世界化了，面目在雷同起来，颇多似曾相识之感，尽管是五花八门，日新月异，但真正动人心弦的作品并不太多。艺术的发展不同于科学的飞跃，它像树木，只能在土壤中汲取营养，一天天成长，标新立异不是艺术，揠苗助长无异自取灭亡，但那种独创精神和毫无框框的思路，对我们则是极好的借鉴。在巴黎已成名家的华裔老同学们的作品中，我感到一种与众不同的亲切，听到了乡音，虽然他们的作品是抽象的，但像故国的乐曲，同样是熟悉的。也由于这东方故国之音吧，他们在西方世界赢得了成功！欧美现代艺术的世界化与民族艺术的现代化之间是怎样一种关系呢？其间有一见钟情的相爱，又有脾气不同的别扭。我珍视自己在粪筐里画在黑板上的作品，那种气质、气氛，是巴黎市中的大师们所没有的，它只能诞生于中国人民的喜怒哀乐之中。遗憾的是，世界人民看不到或太少见到我们的作品。三十年前的情景又显现了，又记起了回国不回国的内心尖锐矛盾，恍如昨日，不，还是今日。回国后三十年的酸甜苦辣，我亲身实践了；如留在巴黎呢？不知道！秉明不已作出了估计吗：“大概也走在无极、德群他们的道路上，排在他们的行列里。”无极和秉明去年都曾回国，都到过我那破烂阴暗的两间住室里。为了找厕所，还着实使我为难过。我今天看到他们优裕的工作条件，自卑吗？不，我虽长期没有画室，画并没有少画。倒是他们应羡慕我们：朝朝暮暮，立足于自己的土地上，拥抱着母亲，时刻感受到她的体温与脉搏！我不自觉地微微摇头回答秉明的提问时，仿佛感到了三十年的长梦初醒。不，是六十年！

注释

［1］吉美博物馆：巴黎吉美博物馆专门收藏陈列东方艺术品。

［2］安泰：安泰是希腊神话中的英雄，但一离地面便失去力量。

画我所爱

肖　峰

肖　峰

按：肖峰，1932年出生，江苏省江都人，1943年参加革命，在新四军所属新安旅行团从事抗日革命文艺工作。1950年就读于杭州国立艺专，受林风眠、黄宾虹、潘天寿、莫朴等教导。1953年以优异成绩被选送前苏联列宾美术学院深造。1960年在苏联毕业后回母校任教。1983年起历任浙江美术学院院长、中国美术学院院长达13年。擅人物、风景及历史题材等油画创作。著有《谈艺论美》《油画技法》《肖峰谈艺录》《肖峰画选》《肖峰、宋韧画选》《岁月履痕——肖峰、宋韧作品集》等。

《画我所爱》选自浙江美术学院出版社1992年10月出版的肖峰著《谈艺论美》。

艺术的天地广阔无垠，学艺者的成长途径各异。我的艺术生活始于战争年代。抗日的烽火把我卷进了革命的激流之中。在部队文艺团体里，我学文化，写标语，画街头漫画和壁画，进行抗日宣传活动。中华人民共和国成立后，我才进入高等美术学府学习，继而留校任教。流光如驶，我这个当年的儿童团员，现在也已是年过半百了。

我爱美术，尤爱油画。它具有表现力强、色彩丰富、“音域宽阔”等特色，既能潇洒奔放地挥笔写意，又能细腻深入地刻画入微，有世界绘画武库中的“重武器”之誉。在三十多年的油画创作中，我深深地体会到美术创作是一种艰苦的劳动，美术作品是生活和作者内心世界的反映，一句话：“艺以人重。”如果说生命的三要素是阳光、空气和水，那么美术创作的三要素就是思想、生活和技巧。美术家只有胸怀宇宙，思接千载，才能养胸中之浩气，化笔底之波澜。“感人心者，莫先于情”，反之，不管技巧多么圆熟华丽，也称不上真正的艺术。

在油画中，我最喜爱的是革命历史画。虽然文明古国的灿烂历史、悲欢离合的民间故事、祖国的壮丽山河……都可作为油画的题材，但最能激起我创作欲望的，是哺育我成长的革命根据地人民和那些为新中国而战斗的先烈们的英雄事迹。我始终忘不了陈毅爽朗的笑声，忘不了粟裕在行军中疾走的雄姿，也忘不了黄克诚、张爱萍等同志拥着我们坐观文工团演出的情景。扬子江的战火，沂蒙山的硝烟，反扫荡转战的军民，支前民工队滚滚的车轮，以及百里风啸的芦苇荡，神秘莫测的青纱帐……这一切无时不在我脑海中翻腾。我爱他们，这成了我创作意欲的缘由。五十年代，我留学的毕业创作《辞江南》，记录了新四军北撤时与江南父老依依惜别的情景。《战斗在罗霄山上》《饮马扬子江》《拂晓》《芦苇丛中》等作品，寄托着我对新四军战斗历程的歌颂。这些画是我计划创作一套组画的几个片段。《阳光下》《我们的总司令》《深情》《洪湖水》，是我对老一辈革命家的缅怀之作。《乘胜前进》，是应中国军事博物馆委托而作，它表现了根据地军民争城夺地的喜悦。为创作此画，我曾赴太行山，和子弟兵的母亲戎冠秀生活在一起。看来，战争年代的烽火，社会主义建设的成就， 多少壮丽诗篇，等待画家去谱写，去讴歌。可惜自己艺浅笔钝，所画的作品远不能适应时代与人民的需求。

艺术贵在创新，而创新却离不开对传统艺术的学习。就油画创作来说，在立足现实生活，把人民视为艺术的母亲的前提下，我认为不妨也可以从中国传统绘画中吸收养料。我们应使油画在表现手法上，更具有中国气派。如中国画中淡雅单纯的色调，水墨淋漓的笔趣，“传神写意”的手法等，都可以给油画创作以启发。这也是我在创作中试用银灰色调和粗犷写意笔法的原因。

“学画者先贵立品”。要当心“名缰利锁”成为自己真正的禁锢。我作为一个美术教育工作者，愿当铺路人，以“造福后人”自勉。

未来中国美术教育五题

潘公凯

潘公凯

按：潘公凯，1947年出生，浙江宁海人，1968年毕业于浙江美术学院附中，1978年在浙江美术学院国画系进修。1979年起任职于浙江美术学院中国画系、浙江美术学院学报编辑部。1992年至1994年，赴美国伯克利大学东亚研究所访学研修。自1979年以来一直担任中国画创作和美术史论教学工作。出版个人文集《限制与拓展——关于现代中国画的思考》、专著《潘天寿评传》《潘天寿绘画技法解析》，主编《潘天寿书画集》《现代设计大系》，编撰《中国绘画史》等。1996年至2001年任中国美术学院院长。2001年6月至2014年9月任中央美术学院院长。

《未来中国美术教育五题》原刊《艺术教育》1996年第3期，系作者应文化部教育司约稿而作。后收入浙江人民美术出版社1997年3月出版潘公凯著《限制与拓展——关于现代中国画的思考》。

一、大趋势与大原则

目前的中国正处于进一步改革开放、计划经济向市场经济过渡的历史性转折时期。今后一二十年，我国社会的各个方面都将在保持政治稳定的前提下有步骤地深化改革，迅速地朝着与国际接轨的方向迈进。文化艺术也将在不断扩大对外交流、进一步全面深入地了解外部世界的过程中，更为自觉地探索寻求具有中国特色的现代化之路——这是“转型期”不可逆转的大趋势、大环境。

我国的艺术教育在中华人民共和国成立后，尤其三中全会以来，成绩是有目共睹的。近些年的教改，既保留了几十年来行之有效的许多做法和经验，又改变了极左思想造成的狭隘与僵化。然而，随着经济体制改革进展迅速，美术教育在总体上仍滞后于经济。在20世纪五六十年代发展起来的各大美术院校的现行结构基本上还未脱离旧的框架，在今后几十年，我国美术教育的结构将发生重大改变，并在操作规范方面逐步与国际接轨。这也将是不可逆转的大趋势。预计这一趋势将集中表现在四个方面：

1. 设计艺术教育的发展规模将超过造型艺术，市场经济的发展将刺激设计类学科尽快赶超世界先进水平，人才需求量很大。设计教学将与市场需求紧密结合。计算机美术将迅速发展。

2. 系科划分、课程设置、艺术观念、教学方法将有多方面的改革，在为人民服务、为社会主义服务的总方针下，走向多样与自主。各校都将重视发展自己的特色。

3. 随着国内艺术品市场的兴起，专业美术家作为一种职业还将有所发展。由于未来社会对全面发展的人才的需求和对美育的强调，美育教学将有大的发展，其师资需要可能成为纯艺术及美术教育学科毕业生的重要出路。

4. 办学方式趋于灵活，管理体制现代化。精减机构，提高效率。职工全员聘任，学生自由择业。

既要改革拓展，又要保持稳定；既要研究传统，有中国特色，又要面向世界，面向21世纪。这个“两点论”是我们思考问题、决定举措的大原则。

二、坚持中国特色的社会主义方向

中国艺术必须走向现代，中国人应该有自己的现代艺术——只要我们认同今日的改革开放大环境，我们就能达成这一共识。但是具体地说，什么是中国艺术的现代形态？中国艺术的现代化之路究竟应该是怎样的？这个问题却不容易回答。为了使这一问题的思考找到起码的入门途径，至少应在我们的头脑中分清国家政策和艺术本体两个层面。在国家方针政策的层面，“二为”和“双百”以及“弘扬民族文化”、“主旋律”和“多样化”的关系，等等，必须一如既往地认真贯彻执行。这是中国艺术健康发展的必要保证，是对艺术作品社会功能的规范和倡导，并对艺术本体的形态具有宏观的制约作用。但是，另一方面，方针政策又显然不能代替对艺术本体的研究和思考，尤其不能代替对中国艺术现代形态的思考，这是两个不同层面——在20世纪五六十年代就往往由于这两个层面的混淆而严重地阻碍了对艺术本体的认识，以至于造成可怕的无知和曲解。改革开放以后，才逐步纠正了这种混淆带来的盲目性，开创中国特色的社会主义文艺，才获得了比较健全的环境氛围。

上述这种盲目性的危害人们比较容易看得清楚，而另一种在艺术本体研究中的盲目性却由于涉及的问题十分复杂而不容易被觉察——在我们探索中国艺术的现代形态时，往往过高地估计了西方现代主义的普遍意义。由于西方工业国家发达的经济和富裕的社会生活，我们所理解的“现代化”和“西方化”这两个概念确有部分的重叠；但由于地域文化和历史传统的不同，这两个概念又必然有部分的不重叠。尤其是中国传统文化的博大精深，使得这种不重叠具有更大的未来学价值。研究和寻找这种不重叠的部分，研究和寻找中国的现代艺术和西方的现代艺术将会有什么不同，正是中国艺术现代化问题的关键。过高估计西方现代主义（包括后现代主义）观念模式的普遍适用性，以西方现代艺术的思维方式和角度来看待中国艺术的现代化前景，用西方的价值标尺来衡量中国的艺术家在本土上所做的探索和努力，这是在当前年轻一代中仍然相当普遍存在的偏颇和盲目性。在我们对西方社会还缺少进一步的了解，中国本土文化的未来价值又尚未进一步显露之前，要避免这种盲目性，还是一件复杂而需要花力气的事。

因此，要在最高学府的美术学院真正坚持中国特色的社会主义方向，开创中国特色的现代艺术，就应该加强上述两个方面的研究探讨，清理思路。既要避免因政治和学术的混淆而造成的对艺术本性研究的阻碍，又要避免因过高估计西方现代主义的普遍意义而轻视对中国特色、中国道路的深层次思考。可以认为，克服上述的两种盲目性，正是中国特色的社会主义文艺健康发展的必要条件。

在美术学院的教学中，还应将爱国主义教育和道德人格教育放在重要的位置，改变以往普遍存在的对艺术家的曲解（自由散漫、个人至上、疯疯癫癫、知识偏狭）。要求新一代艺术家首先应该是一个全面发展的人。

三、国、油、版、雕、史——精耕细作，有限拓展

造型艺术，或称纯艺术，其实都不是很贴切的称谓，只是姑且名之。这类学科在未来几十年不会像设计类学科那样大发展，只能在精耕细作上做文章下功夫。所谓“有限拓展”，既是指学科规模、招生人数等硬件指标而言，更是指观念范畴、学科分类、体系边界等本体论意义的软件规范而言——尤其是后一种涵义，正是相对于西方纯艺术类学科的观念范畴在现代的无限制拓展而言的。纯艺术的观念边界无限拓展，造成语言为新而新，为反叛而反叛，是西方现代主义的特征，其负面是使艺术偏离了审美功能的本位，加速了艺术的解体，中国艺术的现代化，或许正是应该在这个最基本的价值观上与西方现代主义拉开距离，用中国式的有限拓展来代替西方式的无限拓展，让艺术创作和教学侧重于纵深挖掘，使中国的现代艺术成为本土文化演进的逻辑必然。

以中国的美院为例。国、油、版、雕的划分与专业教学已

有几十年的历史，预计今后二三十年，这种划分方式还将继续存在。原因是专业艺术家作为职业需要还将有所发展，而且艺术创作的传统“手艺”性又将重新得到重视。而美术史论作为重要的人文学科设置在美术学院中（西方大多设在综合大学中）对美术教学无疑是大有好处的。这五个系的学生数，在现有基础上可以根据社会需求稳步地调整与略有增加，而发展的重点和专业方向，也应根据社会需要随时调整。还要加强硕士生和博士生的培养。

中国画系中人物、山水、花鸟三科是传统的划分法，这种划分法实质上是基于“程式”在中国画技法体系中的重大作用，而与西画体系中以表现方式来划分有别。因而这种划分还可以继续沿用。在教师配备与招生比例上，过去较侧重于人物，未来发展中应根据社会需求适当均衡。中国画的专业方面，除了以写意为主以外，还应加强工笔、壁画、民间艺术以至原始艺术等多种形式的研究和教学，往上追溯，以求全面地理解和继承传统。

油画在未来发展中可以按表现手法及风格分学科。版画习惯上以版材和印制方式来分，雕塑也可以分为架上和城雕，在教学中有不同的侧重。这些主要来自西方的艺术门类如何在中国的土地上生成中国特色的现代形态？这个课题的难度不亚于中国传统绘画的现代化。德朗、贾科梅蒂、巴尔蒂斯等人的沉思看来具有启发性，“在限制中拓展”对于外来艺术门类而言，或许也同样是一条出路；设定自己的边界和限制，对于延长艺术种系的生命有重大的意义。如果说这接近于后现代主义的思维方式，那么为了寻找油画、版画、雕塑的中国特色的未来形态，在中国古典智慧和西方现代思维的交叉点上建立起一种理论支撑，不仅具有重大的意义，而且具有现实的可能性。

书法是我国历史上重要的艺术门类，在20世纪五六十年代一度被冷落，以致在普及的规模和教学体制的完善方面远不如日本。书法家作为一种职业的需要量不大，但书法作为重要的传统文化修养在国民中的普及面极大，随着国民文化素养的提高，书法的中小学教育和业余教育、协会活动等等会大量增加，在这种趋势之下，在最高层次艺术学府中办好高学位书法教学，作为全国书法研究和教育的学术中坚，也是很有必要的。

上述专业划分不应该是一成不变的，各院校也完全可以有自己的系科分法。例如中国美术学院近年开办的综合绘画工作室，即是想在传统大画种的边缘交界区域，探索多种材料的综合性绘画的教学思路。这实质上是一种中西融合的尝试，其难度，在于融合的层次，目前还处于初创阶段。将来，艺术摄影、艺术影视、电脑美术、综合装置等也会进入纯艺术学科，进一步丰富艺术表现的语言形式。但是，学科的设置、调整、拓展要有相对的稳定性，各种成熟的观念范畴要设定相对稳定的边界，并且要将建立规范性体系作为纵深研究的基础。

系以下的学科划分，可采用工作室制，也可采用教研室制，二者的区别，不仅在于责任制和教学管理的不同，而且在于研究导向的不同。工作室制是风格性教学，是以导师个人的风格倾向和研究倾向为导向；教研室制是研究性教学，按专业体系的结构需要来没置教研室，不以教师的个人风格为导向。未来若干年，根据中国美术学院的研究目标和学术策略，宜以教研室制为主体。

史论系应在中国美术史、外国美术史、美术理论三方面充实完善，均衡发展。并应加强对现代和当代美术的研究。史论系仍应以美术史和基础理论为主体，这方面的研究对于最高层的美术学府来说十分重要。学院应以马克思主义为指针，建立起一种历史的文化的宏观眼光和学术标准，造成学院的学术气氛，并将这种眼光、标准、气氛渗透到创作和教学中，力求有别于一般的美术院和画院。

四、加快发展设计教育

设计艺术是本世纪发展最快的行业之一，对设计教育的需求是与经济发展同步的。设计直接为经济服务，经济的发达又促进设计的发展，而设计教育是为生产部门提供设计人才的最基本途径。二次大战以后，各工业国都大力投资促进设计教育的发展，形成了各自完整的设计教育体系，对这些国家的汽车、航空、机电、轻纺等产品及各种日用品占领世界起了重大作用。相形之下，中国的设计教育还只是刚刚起步，不仅远远落后于世界先进水平，也落后于国内经济的发展速度。由于预感到国内对于设计人才的需求，目前各地中低层次的设计学校和专业办得很多，但师资、设备条件完善、层次高、质量好的却很少，这种状况是亟待改变的。

发展设计教育的最大困难，第一经费，第二人才，不能不花大力气，想方设法克服、解决。但从设计教学本身而言，倒不像纯艺术教学有许多难题和困惑。可以说是一条大路，成例在先。它基本上不涉及意识形态问题，不强调个体性，而较多侧重于共性、国际流通性。有些设计类学科（如建筑环境、包装广告、服装印染等）也须重视与发展民族风俗，但它们的基础课程仍然是共通的。因此，在设计教学中学习、借鉴欧、美、日等国的成功经验，有比较有选择地直接引进他们的基础教学体系，对加速我国设计教学的成熟，提高设计水平，与国际接轨，显然是见效最快的办法。这是设计类教学与纯艺术教学的一大不同。

设计教学必须集教学、科研、设计于一体，与生产及市场密切结合，因此必须走出校门，发展与行业、企业及各设计部门之间的联系与联合，才能使设计教学与研究具有活力，克服纸上谈兵的弊病，同时在校内要想方设法、多渠道集资，加强实习工场及实验条件的建设，并加强计算机美术的教学研究与开发。

五、“两端深入”的学术策略

中国的美术院校同时担负着教学、创作、美术研究三方面的任务，而在西方，创作一般由院外画家承担，研究则主要在研究所。这三个方面是不同的层次，面对着不同的对象。教学是面对学生说话，创作是面对广大观众说话，研究则主要是面对专业圈子说话。相比之下，学术研究所要解决的是更为专业更为本体的课题，它虽然是少数专家学者的事，但它的成果会对创作和教学逐步产生向下渗透的影响。

学术研究是可以有策略的，对一个学校而言是如此，对全国的艺术事业而言也是如此。尤其是将来的高等教育，各个学校都应该有自己的面貌特色。在研究方向、课题重点、人才结构、方法风格等等方面，都可以有侧重和有目的地安排。这不仅有利于一个学院在竞争中发扬自己的优势，而且，对于中国艺术的现代化和国际地位的提高更有深远的意义。而这方面，我们至今仍然比较忽略。

20世纪五六十年代，我们对西方艺术（尤其是西方现代艺术）采取了一种几乎全封闭的态度，对于民族的传统艺术则是半封闭。当时的批判是建立在十分无知的基础上的，在专业圈子里也几乎是不看、不碰、不了解、不研究。那时这样做，有国际国内大环境的原因，出发点也是好的：希望在一个封闭的环境里在一张白纸上画最新最美的图画。然而实际效果却并不理想，导致了普遍的简单化概念化倾向，以致发展为“文革”的“假大空、红光亮”。这个教训应深刻记取。时至今日，环境条件发生了根本的变化，中国再也不会回到自我封闭中去了，中国艺术的现代形态必定会在改革开放的大环境中生成。特别值得注意的是：中国的艺术家和年轻一代经过了20世纪80年代艺术新潮的洗礼，已经或正在变得成熟，对于民族文化的自尊和自信正在新一代知识分子的心中升起。我们应该对年轻一代有足够的信任。

以欧洲和美国为中心的西方文化和以中国为中心的东方文化，是人类历史上两个最大的文化种系，可以称为“两大文化源”。中国由于经济落后，其文化在世界上的影响处于劣势，而西方文化（尤其是西方现代文化）则伴随着经济扩张成为当今世界主流。这是不公平的，但不看到这一事实无异于驼鸟政策。我们的目的是要开创中国人自己的现代艺术，建立自己的现代模式，并希望有朝一日随着经济地位的提高能与西方艺术主流相抗衡。但要实现这个目标，毫无疑问是要以对这“两大文化源”的深入研究为基础的，尤其是对西方现代和中国传统这“两端”的研究应该成为专业圈子内学术研究的重点。文化演进是依赖于积累的，文化价值结构是建立在文化积累之上的，以为不需深入研究中国传统和西方现代的文化成果，就可以白手起家建立中国特色的社会主义文艺，这个想法已被历史证明是幼稚的、不现实的。

中国美术学院的前身杭州国立专艺，可以作为“两端深入”学术策略的早期实例。当时的国立艺专，既有林风眠、吴大羽等热衷于西方现代艺术的教授，又有黄宾虹、潘天寿等专注于研究中国传统艺术的教授，他们在学术上和睦相处，互不干扰。这是一种互补并存的“两极结构”，作为学术策略，它似乎具有更大的结构跨度和长线潜力，而不同于后来其他学校较多采取的中西折衷融合的路子。20世纪80年代的浙江美术学院也有过一段类似的情况，一边有郑圣天等对国外信息灵通的中年教师，一边则有陆俨少等对传统有研究的老一辈，“两端”拉得开，中间的回旋余地就大，探索就不至于太浅薄，风格也可以更多样。正因为如此，中国美术学院在大半个世纪中出了不少人才。

寻找中国特色的现代艺术之路，这是历史赋予我们几代人的艰巨任务。中国美术学院自改名以后，自然更对“中国特色”担负着义不容辞的责任。对今后几十年的中国艺术家来说，西方现代和中国传统这“两端”，仍然是蕴藏着最丰厚的文化养料和发展潜能的两大宝库（其核心是两大价值体系）。中国传统和中国艺术现代化的关系主要是内在精神的接续演进的关系，这点容易明白；而西方现代和中国艺术现代化的关系，则主要是借鉴启示的关系。借鉴启示的结果可以是学习和引进，也可以是“各走各的路”，甚至是“反其道而行之”。不论采取什么态度，都离不开研究这一前提。若不做研究，什么都无从谈起。而研究必须全面、深入，要做得系统和地道，这是我们思考和探索中国艺术现代化课题必不可少的基础。

还要加以说明的是，中国自20世纪30年代鲁迅创导的木刻运动，解放区文艺，直至20世纪五六十年代的革命文艺传统，应该属于中国民族传统中的现代传统范围之内（现代传统中还有林风眠、齐白石等其他非革命文艺的传统）。这一重要传统组成部分自然地应从学术层面做深入的研究探讨，并充分继承和发展其中的优秀成果。但显而易见的是，中国艺术的现代化课题，将比20世纪五六十年代的创新尝试远为复杂、困难得多。原因是中西之间的封闭已经打破。未来中国艺术的每一点创获和成就，都将在开放的、信息交流空前便利的国际化环境中接受来自于不同方向的检视和评价。如果我们不能从古今中外的全部文化遗产中吸取营养，并从“两大文化源”的比较研究中重新建立起我们的价值结构，21世纪中国艺术的世界地位将只是一句自我安慰的空话。

跋文三篇

范景中

范景中

按：范景中，1951年11月生于天津。中国美术学院教授、博士生导师。先后任《美术译丛》《新美术》主编、中国美术学院图书馆馆长、中国美术学院出版社总编等职。出版的主要论著有：《中华竹韵》《藏书铭印记》《柳如是集》《柳如是事辑》《美术史的形状》；主要译著有：《艺术的故事》《艺术与错觉》《希腊艺术手册》《美术史的基本概念》等。

此三通跋语，一则题画，知画之气韵不可言说，故以香气拟之；一则题旧拓，举古人品评方式，稍作析览，并略追仿；一则题古籍，以华词丽句，写外观古朴平雅之书，试笔以练习。概言之，意象瞻之在前，忽焉在后，欲兎起鹘落，难之又难，画不出亦写不出，不得已而涂鸦也。

跋陆治册页启之折荷一段

古人蓄精茗，不轻瀹试；得异香，不轻焚爇；有奇花，不轻送折；闻花红透过纸窗声，见竹绿移上书签时，不轻拈取；必得千秋知己，庶不冷同调。此图绘初晨凉爽，陈启之持秋荷送友，寒花一朵，于西风无味中，微度暗成香吹，一气循环如满天花朵清新。草堂诸子不待话别，已鼻端拂拂与口颊间甘津并入灵府。启之以秋花会友，欣所遇，贵知味也。陆包山笔墨之妙，不容赞叹，画中光景与秋天争洁，又是一香。

跋洛神十三行

余常叹十三行书法悬绝，萧散简远，侧右转左，横斜多姿，跌宕用笔处，无迹可寻，如风起青萍，绝俗于秋水渺渺而洞荡心魄。董文敏求之二十年，未得佳拓，一旦遇之，即宝若照乘，并以米褚小楷帖二种前后护之，此万历戊午（1618）三月事也。越十年，竟云："余今年定小楷之宗，以十三行为法书第一；每每落笔，辄用其意。"老友眉公亦言："崇祯元年清明日，思翁邀余于北门别宅，同观社会，云：今日始悟法书，觉从前皆未得正龙正脉。"文敏推十三行为小楷极则，尚矣！然论其审美，文敏亦但引成语为赞："隽逸骀宕，秀色可餐。"不以笔法立论。虚舟题跋评唐荆川本"腴润飞动，骨在画中，态出字外，精采艳发，奕奕动人"，并是套语摅颂。曹墨琴写洛神赋，于女史中最得静气，尝以"铁画银钩"喻十三行，又言其有"珠玉气"，盖姿媚与精坚兼之，善于适要，亦未见阐微。

《毛诗序》云：情动于中而形于言，言之不足，故嗟叹之，嗟叹之不足，故咏歌之，咏歌之不足，不知手之舞之足之蹈之也。此述诗人抒情言志，若夫评骘书画，过程则反，殆嗟叹不足，歌咏之，或言语之。然词语有限数，非无涯不匮者。所谓巧言切状，如印之印泥，不加雕削，曲写豪芥，实一厢情愿，难拟万端。若艺术美之精渺，如伊挚不能言鼎，轮扁不能语斤，其微矣乎。论者纵识深鉴奥，欢然内怿，欲组编辞令，绎其神理，亦必织综比义，托喻借譬，以婉达其意，此惊听回视、秘响旁通之旨也。言意之间，往往心行处未灭，而言语道断。尝观昔人论十三行之美，皆写气图貌，不能随物宛转；悄焉动容，只待心与盘旋；借江山草木之助，于眉宇之前，卷舒耀魄之华、风云之色。

海宁陈香泉赏览十三行，述其观感曰：“余往滇南见优昙花香色，凡卉未可举似，今日观此，是又见优昙一遍矣。”直以三千年一现之圣花为喻。《芳坚馆题跋》则云：“赵子固过富春江，见其澄碧涵月，大叫曰‘是吾水仙出现也’。余亦处处遇十三行出现。”又曰：“赵子固《水仙卷》，见之使人有天际真人想。阆中山水之胜，始过富春。仆于此理会十三行意，粗得仿佛。只是不能实证。缘天分不高，难言一超便到佛地。且须作粥饭僧，系坠腰石也。”此以水中仙子作比，然其真相之难言，亦可知也，但于花光下观照，不能直指第一义焉。内子曩年曾数临十三行，并云黄媛介得其硬逸，曹墨琴取其静好，若已，则爱其自然华彩，并题云：

数点雨声风约住，一簾花影日移来，十三行小字姿态如之。陈思王之泣金枕，赋感甄，空有馀恨；大令书则翩然依微，化作杨柳岸晓风残月，落花一水。

十三行摇曳多姿，字字婵娟，如玉京三越之女，花气一船之烟，当于秋水渺渺、蒹葭离披之际遥思。微雨初过，小窗静寂，漫写一通，举向花间，倩鸟哦之。

此写于碧玉本贉纸上，欲令缣素谡谡然有声有色，使人想象腾蒨，一瞥十三行之风华绝美。十三行者，簪花格之极则，“故当胜”之典范；大令有别乃父之新体也。故求之者众，翻椠殊多，版本繁杂，余所见二十馀种，论其美者，盖明人重玄宴，清人重碧玉也。

跋小宛堂本《玉台新咏》

此卷《玉台新咏》，即徐孝穆在梁事东朝，时承华好文，乃进十卷，以备宫体者。集选彤管艳歌，笺上彩云，若夫咏北方佳人，一顾倾城，竹西少女，独立无双，浣纱溪边，千人为叹，采桑道侧，五马忘归。尽是周旋绛裙，脂粉艺文，玲珑子夜，冉冉摇珮。至于女之若英，芬其内美，女之嫛婗，悲在馀情，则世宙萧飒，人间可哀；诗之可爱可惊，皆成心之欲歌欲哭矣。故乞以天铲神镂手别开风花世界，麝香月上，品其飘渺之词；琉璃匣中，珍其宛娈之曲；磨却寒沙苦月，庶夺悲心耳。袁宏道，怀古之士也，访陶望龄，偶见《新咏》，即援笔题曰：

余历览名胜，谒禹陵，盘桓兰亭之墟，过山阴道上，兴致萧疏，神情开迪，恨不携惊人句与山川相映发。夜宿陶周望所，楼头鼓动，意未成眠，抽架上书读之，得《玉台新咏》，清闲俊逸，妩媚艳冶，锦绮交错，色色逼真，使胜游携此，当不愧山灵矣。

但携《新咏》，婆娑树下，倚徙石上，虽穆无一言，亦不负秋水翠霭几千万重，此文士徘徊山川也。闺秀留连翰墨，则清歌玉钗，梨花月湿，想思粒粒，红泪犹泫；琴心不度香云远，笔越缠绵，美越幽怨。沈虹屏春日书《玉台新咏》后云：

芳草青无数，留不得一痕春住。记红桥明月吹香处，浪捲也前朝去。莫问玉人斜，算清泪多于香雨。拟遍书从古伤春句，都榘在梨花树。

《新咏》著之《隋书经籍志》，传之唐写本。宋人著录皆十卷，向无异辞，宋刊本则佚也。后之镂板屡屡，以精美论，崇祯六年小宛堂赵均刻本挺然独秀，缮手剞工，典妙绝伦，狭行细字，雅韵欲流。即此本也。及其多用佳墨旧楮，尤令人动心神游：仿宋白皮纸者，辉光净洁如铺玉；古罗纹纸者，浮茸去尽筋莹澈；若藏经纸，溪头瑟瑟波，泼成金栗色也；更有拼合短幅宋纸者，古色飘动，离离蔚蔚，韵出书衣之表。

小宛堂纸幅选制，极力精湛。虽印书之创举，亦青缃袭箕裘也。万历四十二年甲寅（1614），灵均之父寒山先生采获《停云馆》贞石，感叹稀有，不轻示人，每一春秋，止拓数帙，以公同好，述其拓工装裱云：

法用泾县薄楮，歙州精墨，凡四椎而浥之。或作黄麻粗文，或作柔绢细文，装成双面，表里前後都无纤毫杂纸乱厕，装工悉用吴中知名高手，一洗参差硬厚诸病。其面俱用枣梨楠柏，精刻篆籀签首，涂以滇中石青，贮以广南梨匣。

所谓一洗参差硬厚，即不以红木紫檀也，中国书籍之为艺术，不类泰西之牛腰巨卷，五彩飒纚，宝色陆离，旨在辉煌品味（Taste for splendor）；倘求其扫艳出古色，则未足称美也。小宛堂本唯清芬湛湛，触目古色，殆亦列子有形者，有形形者，有色者，有色色者；譬诸聚空花为底色，而照以水月之光，神力变态间，形迹都灭，而瞥然一见，桑烟松雪，转更胜绝。

大学的望境

——论大学的建造与“大学”精神

许　江

许　江

按：许江，1955年生于福建省福州市。1982年毕业于浙江美术学院油画系，2001年至今任中国美术学院院长。其“葵园”系列创作涵盖油画、水彩、雕塑、装置等多种艺术形式，著有学术文集《视觉那城》《一米的守望》《南山肖像》《拆解与重建》《大学的望境》《远望者日记》《文与画》《葵望》《葵园手札》等。

《大学的望境》一文写于2005年，系当年6月在京召开的第一届中国文化论坛“中国大学的人文教育”演讲稿，时值中国美术学院象山校区正进行一期建设。本文提出中国大学建造的“望境”理想：大学的望境既是大学校园中的山水相望之境，亦指青春岁月面向历史文脉、价值观念、精神素质的心灵塑造之境，同时是一所大学学术精神不断深化的土壤。本文不仅影响和指导了中国美术学院象山校区的建设，令整座校园深具“人文山水、精神家园”的诗性品质，成为大学“望境”营造的典范，同时树立了“空间建造与精神塑造共构”的大学建造理念，阐扬着“望境塑人”的育人思想。

一

近年以来，中国大学校园之建造呈现出惊人的发展态势。从设计方案及完成状况看，皆显示出同样惊人的趋同性。其中的原因颇多，但是深藏其后的主要原因却在于相当多的人们对大学校园所持的功能化理解及其基础上的划一的建设要求。高大的校门，中轴的景观绿化带，中轴线端点上耸立的图书馆，左翼的长排教学大楼，以长廊相连，右翼则上校本部、体育馆等公共空间。校园的一侧，常常有一片面积可观的体育场，其后往往是学生的生活区……大学就这样被规范地规划为数块，就这样被建造成一个整齐分明的空间，一个全然功能化的空间。一个寸土寸金、功能完满的空间，一个没有“空”的空间。

当代大学校园是无“空”的空间，首先在于它没有“山水”。传统书院依山傍水，得山水之精神，亦得仁智之乐。中国美术学院的前身是国立艺术院，初建之时，并无专门校舍，以一个银元租来白堤上的罗苑作为校址，学子与湖山日夕相伴，得以体味自然之意，从而凝聚、生发出国立艺专绵延伸展的活的历史和心迹。这也是蔡元培先生将国立艺术院设于杭州的立意所在。而在今天，“自然”已然被排除出大学校园之外，成为文明教化的“他者”。当然，要拥有一山一水，在今日大学而言何其奢侈？我们今天既不能也不必如传统书院那般寻觅山川幽胜之地——种种名山胜境早已沉沦于旅游业制造的景观文化之中。真正重要的是如何在大学建造中重视保持如山水般气韵的营造，给学子们心中留下一丝面向自然的神往和亲近。

当代大学校园是无“空”的空间，还在于它的工具理性。在现代人的日常理解中，大学一方面是一个知识共同体，它用一种半工业的模式，通过各科系的劳动分工构建起“知识全体”；另一方面，大学又是教化众人的学校，通过各系科将“知识全体”分解为学科单元加以传播与讲授，是再生产式的教育平台。对于知识的再生产与工具主义，对于专门化教育与博雅通识之间的关系，已经有众多讨论，此处不谈。我希望提醒的是：即使是“博雅教育”与“通人教育”，也依然未能摆脱功能化的空间规划与意义架构。

专业化、工具化只是技术化的外在表现，其要害与基础是一种知识论意义上对于世界的对象化。这种对象化在思想家海德格尔看来也同时意味着“人成为主体”和“世界成为图像”。现代大学的理念与贡献很大程度上在于它确立了一个人本主义的立场与知识体系，这个立场与知识体系维系着一系列“观点”，并形成关于世界的整体视像。其间稍有不慎，就会拘于此一观点、彼一观点，无论彼此，皆是由一点而观，是由人之立场将世界把握为图像，或将世界如图像般对象化。日常德语中有一词weltbild，是“世界观”或“宇宙观”的意思，而海德格尔却将之用作“世界图像化”，表达人的表象活动将世界把握为“图像”。大学校园的自然之境，无功用的“空”境，正可以消解这种功能主义和对象化倾向。这正是我所说的“望境”之由来。

“望境”是所望之境、望中之境，既是“望”的界域，又是日常相“望”演化而成的意境。古人观山水的意义在于追摹自然和畅发心神，这是一种特殊的望境。山水画宗师宗炳在《画山水序》（我国最早的山水画论）中所说的“含道暎物，澄怀味象”乃是“与天道精神相往来”。认为山川的形质可作为“道”的供养之资（“山水以形媚道”）。所以，山川便可成为贤者“澄怀味象”之“象”，贤者由此与道相通达，与天地精神相应合。此处所说的“道”，实即“精神上得到的艺术性地自由解放”（徐复观《中国艺术精神》）。从山形水貌中看出它的趣灵，并接受其四时变化的蒙养，感受其中蕴藏的由有限通向无限的性格，可以满足人精神上的自由解放的要求。今天，在自然山川离我们远去的时代，校园山水的意义，是在坚硬致密的学科规训中，在建造物内的漫游与生活中，不断地回望青山。那门、窗、廊是一个个变化着的镜框，那墙、檐、屋、宇也皆可成为人与自然相安的界面。我们在其中朝朝暮暮地与生活的自然照面。

二

“望境”是自然之境，也是心境。望境是由望而得境，通过人与山水之间的相对相望，铸造出人与自然共在的界域。这是人在自然中的栖息与安居——这不仅与山水照面，而且与山水的诗意照面；不仅是自然之物境，也是一种心境；不仅是心所面对的境域，而且是由心而成就的境域。去年，我院综合艺术系的一位德籍教授上了一堂有趣的摄影课。数十名学生被带到西湖边，闭上双眼，冥会烟波浩淼、山色有无之象。这种无视之观，是一种屏除目之所及的观照，一种“应会感神”，一种非景观化的、以身心相付的亲历和亲证。在这里，我们所触发的不是可分解还原的信息或者可教可学的知识，而是一种生存论层次上的遭遇与经受。遭遇与经受本是经验（erfahrung）的原始含义，而随着近代实证科学的发展，经验中的“经受”因素渐渐隐没，而客观化的“观察”的成分却越来越突出。从作为参与和经历的经验，到作为观察的经验，经验者就从侧身其中转变为置身事外。自然这心—物的交融境域也就由生存论环节被摆置为我们面前的知识论的对象。面对自然的对象化状态，我们更加深切地感到：铸造今日之学子的精要，正在于开启这由心之所安而成就的望境—心境。

“望境”还是“问境”。望境牵引出的是一番在望与问、眼与心之间的追索与应答。望是一种无限遥远处的凝视，是gaze，也是一种询问。望与问之间的学问是开启心灵之道。在柏拉图那里，教育的本质就是“引导心灵转向”。这个引导心灵转向的过程，柏拉图称之为periagoge。periagoge是将心灵引向超越个别事物的理念中去，使之直面“事物自身”。为此，必须引导心灵一步步向上，从低层次渐渐提升，在这个过程中，使心灵远离可感知的存在，去看真实的东西。以柏拉图的观点，教育与哲学的任务是一致的，都是教导人们面向真实，而抵达真实之途正是一个不断寻求“正确地看”的过程。为此，柏拉图强调“综览”，即epagoge。epagoge就是通过综览整合的方式达到真，因而它常被译为“归纳”，但实际上，它与归纳有相当差别。后来培根所说的归纳法，是从许多经验事实中，通过一系列规定得出结果，其认识对象是规律，而非作为万物之本源的理念。

值得一提的是，《大学》中作为基础的“格物致知”，也时常被错误地等同于“归纳”。《大学》中说：“古之欲明明德于天下者，先治其国。欲治其国者，先齐其家。欲齐其家者，先修其身。欲修其身者，先正其心。欲正其心者，先诚其意。欲诚其意者，先致其知。致知在格物。”又云：“物格而后知至。知至而后意诚。意诚而后心正。心正而后身修。身修而后家齐。家齐而后国治。国治而后天下平。”这段耳熟能详的话阐明了“格物—致知—诚意—正心—修身—齐家—治国—平天下（明明德于天下）”的序列，可以说是一个由外而内，再由内而外的大道循环。对于这个内圣外王的大道，朱子说：“致，推极也。知，犹识也。推极吾之知识，欲其所知无不尽也。格，至也。物，犹事也。穷至事物之理，欲其极处无不到也。”他同时也援引程子之说：“所谓致知在格物者，言欲致吾之知，在即物而穷其理也。盖人心之灵莫不有知，而天下之物莫不有理，唯于理有未穷，故其知有不尽也。是以大学始教，必使学者即凡天下之物，莫不因其已知之理而益穷之，以求至乎其极。至于用力之久，而一旦豁然贯通焉，则众物之表里精粗无不到，而吾心之全体大用无不明矣。此谓物格，此谓知之至也。”由此可见，“格物致知”是心物之间以“理”为中介的贯通之道，也即万物我心“一以贯之”之道，与全然从经验事实而来的归纳以及系统的对象化研究有根本差别。此处，我之谓“大学”所望、所问者，并非与心灵相对立的外在的自然对象，而是那与心灵共构同化者。正如叶秀山先生所说：“格物”不是一般的“观察”“研究”，而是指把物放到它应在的“位置”上去。“致知”既不是一般知识论意义上的“认知”，也不是单纯道德意义上的“（致）良知”，而是形而上的“知物”“知己”；“知物”亦即“知己”，“知己”亦即“知物”。望与问的修养正是在格物致知与诚意正心之间。“问”是心灵的远望，“望”是心灵的扣问。望境是审问慎思、学问相望之境，更是存在的发问与应答。故望境即“问境”。

三

今日大学建造之精髓绝不仅仅是校园对自然景物的容纳，而在于“大学”之道的贯彻。清末民国初，国人曾以“格致学”翻译“自然科学”，所造成的后果却是science遮蔽、取代了“格物致知”，“格致”隐没在自然科学的实证研究之下，心—物、理—气的贯通被知识论的实证观察替代，这种理解去“大学”之道可谓远矣。但是，我国现代教育体系以及大学内部的学科系统正是在类似的理解之下确立起来的。其中，数学被划归理科就是一例，且是关键一例。我们知道，数学在欧洲传统，尤其在古希腊传统中本是与逻辑学、音乐、修辞学并行的“七艺”，在我国传统中更是与天文学一般关涉着人生、国族甚至自然的命运，是士人必修之学，应和着儒术天心。而在我国目前的学科地图上，数学却与人世隔绝，与逻辑、音乐、哲学再无相干，而成为纯粹的理科专门之学。随之而来的，是数与理的逻辑和命运的割裂。

在当代教育语境中，“大学”之道的贯彻方式不必是“内圣外王”的士大夫实践，而可体现为一种经验事物的批判性机制。这几年，我院部分青年老师在本科教学中增设了一系列具有文化研究性质的“调研计划”，将“望境”延伸到了一个新的领域。

第一个例子是现在正在进行着的“中山公园计划”。这个计划所要“看”的是每个城市都有的“中山公园”。这个包含着民族记忆与国家叙事的“社会装置”在全国各地以不同的形式出现。“中山公园”是一个现代国家的公共空间，也是一个象征性的纪念物，它既是人民休憩之所，又是政治演出的剧场。而对20世纪的中国人来说，“中山公园”唤起多少复杂的历史记忆。在同学们所呈现的文献展示中，今天的“中山公园”有的成为旅游胜地，有的成为文化馆、游乐场，也有的宛如废墟，已为陈迹。“中山公园”计划既非捕捉现实，又非单纯的“记录”现实，同学们“看着”每天在“中山公园”中活动的人群，追索着往日“中山公园”中发生的事件，这是一种类似“社会学扫描”的观看姿态，是一种穿越时光、刺破历史残像的亲历与省视，更是一种将自身与社会、历史融合为一的特殊的“望境”。

第二个例子是“眨眼”超短影像计划。由教师和同学们一起进行严格限定时间的单元影像实验，创作一系列长度为两秒的短片。通行的影像教学是以传授技术要领为先，然后再进入作业实践。而在这里，教学计划直接将课题涉入人对世界的特定的感受要求中，在那个生的活的经受的层面上遭遇和解决技术的问题。众所周知，摄影将我们的观看聚集、设定在时间绵延中的某个点上，而快照的出现，又使瞬间真正得以现—像并进入我们的日常经验。在摄影时代，时间被切碎了，我们得以“看”到时间的切片。透过作为视觉中介的镜头，世界被瞬间捕捉住，凝固成片断式的图像。而在这个计划中，“眨眼”所寓示的“瞬间”被影像视觉化了，学生们试图把握“眨眼之间”所发生的和所见的，并且尝试着用摄像机在“眨眼之间”完成叙事。奥古斯丁说：“时间是什么？你不问我，我还知道；你一问，我竟茫然无所知。”经过“两秒”实验，他们才真正体会到时间的张力以及影像的叙事容量。两秒现身为丰富多彩的时间感受，两秒的故事被延伸到各个方向：两秒的爱情、两秒的死亡、两秒的搞笑、两秒的无可奈何、两秒的惊颤、两秒的恍惚迷离、两秒的漫长与寂寞……在这里，“眨眼”为我们所见，在这里，眨眼是“决定性瞬间”——超出瞬间的一瞬，它不仅仅是凝固，而且也是一种特殊的“望”。在这转瞬之“望”中，把世界保存在它自身之中，世界仿佛自己在呈现发生着。在此，新媒体的影像实验似乎恰恰应和了康斯坦布尔所说的“真正的绘画理想”——“从飞逝的时间中截取片刻，赋予它永久而清晰的存在”。

四

望境又是“远境”。中国古代画学中有所谓“三远”，三远之说，首要人在山中，饱游沃看，人的观视不在一点之上，而在游动中，则所得之山，不唯一侧一面之观，然后得全山于胸中，所谓“胸中丘壑”，“一山兼千百山”。得山水者作画，在展纸之间，已心游天外，虽咫尺之距，却如在山峦丘壑之中。这是一种礼、仪，是“祭神如神在”的庄重仪式。画者借此礼，入隽淡的远境，由此而得超越。此远境含三种向度的观测与体味，来统摄山中游观之所得。“高远”者，从山中看山壑，观山高，此上下关系；“深远”者，从前山看后山，窥山背之景，此前后关系。“平远”者，从近山看远山，望远景，此远近关系。此三远总括所得，将山水活化于心胸，如造化般生成。

望境之望，将三远的空间向度变为时空相交的向度，自有一番追远、怀远的况味。“深远”者，前山与后山，不仅指“位”之前后，亦含此时与彼时之意；不唯面面观，亦含时时观。“溯”，原有回踪与追深的意思。是故，溯望则回望今昔，融此时与彼此，自有“深远”之意；俯望则俯察周遭形势，自有“高远”之意；瞻望则长眺未来远景，自有“平远”之意。“远”是一种境，“望”是一种远。今日大学之建造，最缺的正是这种远境。溯则深，俯则高，瞻则远。此溯望、俯望、瞻望三种姿态，抚今追昔，切空入时，审势怀远，希望得“远”境之深意，从而造化般地生成一片新家园。

里尔克在他著名的《论山水》中，不止一处提到山水的“远”。他说：“列奥那多画中的山水都是他最深的体验和智慧的表现，是神秘的自然律含思自鉴的蓝色的明镜，是有如‘未来’那样伟大而不可思议的远方……还没有人画过一幅‘山水’像《蒙娜丽莎》深远的背景那样完全是山水，而又如此是个人的声音与自白。仿佛一切的人性都蕴蓄在她永远宁静的像中，可是其他一切呈现在人的面前或是超越人的范围以外的事物，都融合在山、树、桥、天、水的神秘的联系里。这样的‘山水’不是一种印象的画，不是一个人对于那些静物的看法，它是完成中的自然，变化中的世界，对于人是这样生疏，有如没有足迹的树林在一座未发现的岛上。把山水看作是一种远方的和生疏的，一种隔离的和无情的，看它完全在自身内演化，这是必要的……它必须是疏远的，在它崇高的漠然中它必须几乎有敌对的意味，才能用山水中的事物给我们的生存以一种新的解释。”里尔克似乎一直在讲述山水从人世中的出离，在他看来，山水唯其疏远才可以“给我们的生存一种新的解释”。而他所说的“山水”，却绝非一种对象化的客观自然，不是物理的集合，他真正要说的，却是“在一种缓慢的‘世界的山水化’的过程中，有一个辽远的人的发展……在我们时代的中间，一个‘未来’已经开始了：人有如一个物置身于万物之中，无限地单独，一切物与人的结合都退至共同的深处，那里浸润着一切生长者的根。”

里尔克所热情讴歌的，不仅是世界的山水化，更是这种“世界山水”向着人的遥远的回望。这远望带着空灵的翅膀，投向某个未及的远方，又返身回溯到我们的身旁。这双向的“远”极大地开拓着我们所说的“望境”，带着自由生长的引领，带着生命的整一而完满的况味。远望之远却不只是距离之远，更加不是与人的隔离，而是心之悠远，是由望而生出的澹泊旷达的“远境”，它指示着一种内在的遥远。体味到远，才能有所期待，在期待之中，才能够守其志业。艺术、学术不只是工具，更是贯彻终身、安身立命的人生志业，这一点体现着“大学”之道，也是当代大学建造的精魂所在。

“清清河畔草，绵绵思远道。远道不可思，依稀梦见之”……“大学”之道作为“望境”“心境”“问境”与“远境”，应在大学之中，活化在校园之中，也即活在我们心中。它朝朝暮暮陶养着我们，转化而为我们每个人的人格和心胸，转化而为每个生命的生长与安顿。

特约编辑：彭　飞　王良贵
责任编辑：邓秀丽
封面设计：宣学君　李　文
版式设计：李　文
责任校对：杨轩飞
责任印制：张荣胜

图书在版编目（CIP）数据

国美美文. 湖山望镜 / 许江主编. -- 杭州 : 中国美术学院出版社, 2019.8
ISBN 978-7-5503-1687-4

Ⅰ. ①国… Ⅱ. ①许… Ⅲ. ①散文集－中国－现代②诗集－中国－现代 Ⅳ. ①I216.1

中国版本图书馆CIP数据核字(2019)第170103号

国美美文　湖山望境

许　江　主编

出 品 人：祝平凡
出版发行：中国美术学院出版社
地　　址：中国·杭州市南山路218号　　邮政编码：310002
网　　址：http://www.caapress.com
经　　销：全国新华书店
印　　刷：浙江省邮电印刷股份有限公司
版　　次：2019年08月第1版
印　　次：2019年08月第1次印刷
印　　张：13
开　　本：787mm×1092mm　1/16
字　　数：300千
图　　数：39幅
印　　数：0001-3000
书　　号：ISBN 978-7-5503-1687-4
定　　价：68．00元